Mahmud Doulatabadi

Die alte Erde

Aus dem Persischen von
Bahman Nirumand

Unionsverlag

Die Originalausgabe erschien 1967
unter dem Titel *Die Geschichte von Baba Sobhan*
(Osanehe Baba Sobhan).

Auf Internet
Aktuelle Informationen
Dokumente, Materialien
www.unionsverlag.ch

Rieterstrasse 18, CH-8027 Zürich
Telefon 0041-1-281 14 00, Fax 0041-1-281 14 40
mail@unionsverlag.ch

Umschlaggestaltung: Heinz Unternährer, Zürich
Umschlagbild: Nasrolah Kasraian
Druck und Bindung: Freiburger Graphische Betriebe
ISBN 3-293-00273-0

Baba Sobhan ließ seinen Blick über das Dach gleiten. Die Sonne hatte sich bereits zurückgezogen. Baba Sobhan erhob sich, klopfte die Erde von seinem Hosenboden und ging zur Grube. Dort lagen zwei geschnittene Distelbüsche. Er warf sie auf den Futterhaufen und begab sich in den Stall. Er reinigte die Krippe, füllte sie mit einem Korb Stroh und einer Schüssel Gerste. Dann ging er zum Brunnen, schob das Reisigbündel über der Öffnung beiseite, zog einen unter den Fingernagel geratenen Dorn heraus, warf den Kübel in den Brunnen, hievte ihn, mit Wasser gefüllt, hoch und deckte den Brunnen wieder mit dem Reisigbündel zu. Danach goss er das Wasser in eine Gießkanne und stellte sie an den Grubenrand. Als er sich bückte, überfiel ihn ein heftiger Schmerz im Rücken. Mit Mühe richtete er sich auf, lehnte sich an die Stallwand und setzte sich langsam hin. Die Hühner verzogen sich in ihren Verschlag. Baba Sobhan dachte daran, dass er die Öffnung des Hühnerstalls mit einem Rohziegel zudecken müsste.

Schokat kam. Sie konnte sich kaum noch auf den Beinen halten. Sie stellte den Krug auf den Boden, setzte sich daneben und faltete ihre Hände über dem Bauch. Ihr Gesicht wurde kreidebleich, ihr Atem heftig.

Baba Sobhan stand auf, legte einen Ziegel vor die Öffnung des Hühnerstalls und ging auf seine Schwiegertochter zu. »Was ist mit dir los, Mädchen?«

Schokat biss sich auf die Lippen und sagte: »Nichts, am Weiher ist der Teufel los.«

Baba Sobhan ließ sich neben dem Krug nieder, betrachtete Schokats Gesicht und sagte: »Es ist deine eigene Schuld, meine liebe Tochter. Mir macht es doch nichts aus, einen Krug Wasser zu holen. Du kannst dich einfach nicht zurückhalten. Du weißt, dass du größere Anstrengungen vermeiden musst. Du musst jetzt auf zwei aufpassen. Ab morgen werde ich Wasser holen. Es macht doch keinen Unterschied, ob ich diese Arbeit verrichte oder du. Geht es dir jetzt besser?«

Schokat stöhnte und schluckte ihren Speichel herunter. »Ja, ein wenig«, sagte sie. Sie stemmte die Hand gegen die Wand, versuchte aufzustehen.

»Soll ich dir schwarze Kümmel mit Kandiszucker brühen? Oder möchtest du, dass ich deine Mutter zu Hilfe hole?«

»Nein, nein«, erwiderte Schokat. »Die Schmerzen werden von alleine nachlassen. Ich brüh mir selbst was. Lass es gut sein.« Sie ging ins Zimmer, nahm die Petroleumlampe von der Wandnische, zündete sie an.

Baba Sobhan trieb die Ziege, die bei der Backgrube hockte, in den Stall und fragte: »Hast du, als du draußen warst, den Gebetsruf gehört?«

»Nein«, rief Schokat aus dem Zimmer heraus.

Baba Sobhan nahm den Wasserkrug, brachte ihn zum Stall, goss das Wasser in den Trog und ging dann mit gesenktem Kopf zum Flur.

»Bis das Wasser im Samowar kocht, hol ich noch einen Krug Wasser«, sagte er.

»Im Krug ist doch noch Wasser.«

»Ich hab es in den Trog gegossen.«

Schokat sank neben der Tür zu Boden. Schwindelgefühle und innere Unruhe befielen sie. Ihr wurde schwarz vor Augen, aber sie genoss es, wie die Wellen von Wehen durch ihren Körper fluteten. Bis zur Geburt war es nicht mehr lang, vielleicht noch fünfundzwanzig Tage. Sie zählte die Tage. Hoffentlich ist es ein Junge, dachte sie. Saleh hatte gesagt, was auch immer es sein würde, er freue sich auf das Kind. Schokat hatte Kleider für beide genäht, für einen Jungen und für ein Mädchen. Könnten es gleich zwei Kinder sein, überlegte sie. Ihre Mutter hatte gemeint: »Die wenigsten Frauen bringen bei der ersten Geburt Zwillinge zur Welt.« Und Schokat hatte gelacht.

Die Wehen ließen nach. Schokat konnte wieder bequem atmen. Sie wischte sich die Tränen aus den Augenwinkeln, trocknete mit einem Küchentuch die Teegläser und Untersätze ab, stellte sie auf ein Tablett und ging zum Hauseingang. Das Haus war in der Dämmerung eingetaucht. Von fern her, von den Gassen, den Feldern und der Gegend um den Weiher war ein dumpfer Lärm, vermischt mit vertrauten Stimmen, zu hören: das Brüllen von Kühen, Wiehern von Stuten, Trampeln von Mauleseln, die hellen Glocken der Schafe, das Geschnatter von Wildenten und auch das Geschrei eines Mannes.

Die Bauern kehrten von den Feldern ins Dorf Robat zurück.

Schokat vernahm das Knarren der Tür, sie heftete ihren Blick auf den Flur. Es war Saleh. Seine lange, schlanke Gestalt, seine gekrümmten Schultern waren von weitem erkennbar. Der schwarze Esel trottete an der Grube vorbei in den Stall. Saleh rannte ihm hinterher, um ihm den Tragesack vom Rücken zu nehmen.

»Der Bastard«, flüsterte er. »Er tut so, als hätte er Berge versetzt. Er kann nicht mal warten, bis ich ihm den Sack abgenommen habe.«

Schokat stand an der Tür. »Gott gebe dir Kraft«, sagte sie.

Saleh warf den Sack zur Seite: »Gott schütze dich. Was macht dein Bauch?«

»Es geht ihm gut. Gelegentlich kommen die Wehen, dann lassen sie mich wieder in Ruhe.«

Saleh ging auf sie zu: »Sind sie heftig oder noch nicht ernst zu nehmen?«

Schokat wollte ihren Mann nicht beunruhigen und sagte: »Nein, noch ist es nicht ernst«, und lachte.

Saleh kniete sich vor Schokat, horchte an ihrem Bauch, hielt einen Augenblick inne. Ein glückliches Lächeln breitete sich über sein Gesicht. »Das muss ein schlaues Fohlen sein.«

Schokat nahm ihrem Mann die Mütze ab, haute ihm damit eins auf die Locken und sagte: »Ja, ganz wie der Vater. Komm endlich rein!« Sie zog ihn am Ärmel.

»Lass mich zuerst Hände und Gesicht waschen«, sagte er und ging zum Brunnen.

Schokat brachte die Petroleumlampe, stellte sie in den Türrahmen und sagte: »Baba Sobhan ist zum Wasserspeicher gegangen, um Wasser zu holen.«

»Der arme alte Mann! Die Langeweile quält ihn. Wo ist er jetzt hingegangen? Beim Weiher hab ich ihn nicht gesehen.«

»Er hat den Krug geleert und wollte wieder Wasser holen.«

»Wo hast du denn gesteckt? Wieso hast du den alten Mann zum Wasserspeicher geschickt?«

Schokat nahm Saleh die Gießkanne ab, krempelte seine Hemdsärmel hoch und sagte: »Glaubst du etwa, ich hätte ihn fortgeschickt? Er findet einfach keine

Ruhe. Ich hatte es ja, trotz allem, selbst geschafft und schon Wasser geholt.«

Saleh wurde sanfter. Er betrachtete das schmutzige Wasser, das von seinen Fingerspitzen tropfte, und fragte: »Wozu brauchte er dann noch mehr Wasser?«

»Das Wasser, das ich gebracht hatte, hat er dem Esel in den Trog gegossen.«

»Das ist doch Schauspielerei. Da geht einer zum Speicher, schleppt den Krug auf der Schulter nach Hause und gießt das Wasser in den Trog eines Esels, der sich täglich dreimal am Weiher vollsäuft. Ich habe den Eindruck, allmählich verlässt ihn der Verstand.«

Er wusch sich prustend mit einer Hand voll Wasser das Gesicht, rieb sich die Augen und sagte: »Lass es nicht mehr zu, dass er Wasser holen geht und den Krug erst noch auf den Schultern trägt. Das schickt sich nicht. Die Leute lachen ihn aus.«

Schokat goss den Rest des Wassers aus der Gießkanne über Salehs Hände und erwiderte: »Du musst es ihm sagen. Auf mich hört er nicht. Er sagt, ich bestehe aus zwei Personen und dürfe keine anstrengenden Arbeiten leisten. Abgesehen davon, er hasst es, untätig zu sein. Von morgens bis abends sitzt er vor dem Hühnerstall in der Sonne und starrt auf seine Zehennägel.«

»Der alte Mann hat Recht. Jemand, der sein ganzes Leben auf dem Feld verbracht hat, kann es wohl kaum ertragen, von morgens bis abends herumzusitzen und nichts anderes zu tun, als die Hühner zu füttern.«

»Auch diese Ziege ist ihm zum Verhängnis geworden. Sie lässt ihm keine Ruhe, damit er wenigstens ihre Wolle spinnt.«

»Es sind jetzt schon zwei Jahre, dass er nicht mehr auf dem Feld arbeitet, nicht wahr?«

»Er hilft ja auch im Haushalt mit, doch das befriedigt ihn nicht. Scheint ihm unter seiner Würde zu sein. Du lässt ja auch nicht zu, dass er aufs Feld kommt und euch eine Kanne Tee kocht.«

»Soll er mit seinem lädierten Rücken den weiten Weg laufen, nur um uns Tee zu kochen? Außerdem würde er mich und den Jungen von der Arbeit abhalten.«

»Gerade die Tatsache, dass er gesundheitlich angeschlagen ist, quält ihn.«

Saleh erhob sich, schüttelte den Kopf, bog seinen Rücken durch und ging ins Zimmer. Während er sein Gesicht mit dem Zipfel des Vorhangs trocknete, sagte er: »Und wozu ist eigentlich deine Mutter gut? Ist sie sich zu schade dafür, der Familie ihrer Tochter einen Krug Wasser zu holen?«

»Lass um Gottes willen meine Mutter aus dem Spiel. Glaubst du, sie hätte nichts Besseres zu tun, als sich um meine Hausarbeit zu kümmern?« Schokat stellte die Petroleumlampe in die Nähe des Samowars.

Saleh hatte sich halb kniend hingehockt, stützte eine Hand auf den Boden und streckte ihr die andere entgegen: »Komm, schenk mir Tee ein. Sie macht fremden Leuten die Wäsche. Aber wenn sie zu uns kommt, spielt sie die große Dame.«

»Ich habe schwarzen Kümmel gebrüht. Möchtest du eine Tasse trinken?«

Saleh strich sich seine Haare, die ihm die Augen verdeckten, aus dem Gesicht, nahm die Teetasse und sagte scherzend: »Mir fehlt doch nichts, wozu soll ich schwarzen Kümmel nehmen?«

Schokat sagte beschämt: »Das nehmen doch alle … Wo bleibt eigentlich Mossajeb?«

»Die Jungs spielten am Weiher Räuber und Gendarm, er ist auch dort geblieben.«

»Der wird sich wieder zanken und mit blutendem Kopf nach Hause kommen.«

Saleh stellte das leere Teeglas unter den Hahn des Samowars. »Er ist so schwermütig und schuftet wie ein Esel von früh bis spät. Ich kann ihn nicht auch noch abends zu Hause einsperren.«

Schokat lächelte verführerisch.

»Ich möchte dir etwas sagen.«

»Hoffentlich etwas Gutes.«

»Ich meine es ernst.«

»Dann sag es schon.«

Sie hielt einen Augenblick inne. Dann sagte sie: »Der Teufel soll es nicht hören. Wenn dein Kind gesund und glücklich geboren wird, sollten wir nach Maschad fahren, alle gemeinsam, mit Baba Sobhan und Mossajeb.«

Saleh lachte: »Ich dachte, weiß Gott, was jetzt kommt. Selbst wenn der Teufel es nicht hören würde, wir könnten nicht fahren, liebe Kusine.«

»Fürchtest du, die Reise würde zu teuer werden?«

»Nein, es geht nicht um die Kosten. Wenn das Kind kommt, werden wir voll und ganz mit dem Anbau des Getreides beschäftigt sein.«

»Seit zwei Jahren verschiebst du es immer wieder. Das war doch dein eigenes Gelübde.«

»Ich kann aber nicht wegen eines Gelübdes die Arbeit einfach liegen lassen. Irgendwann werden wir schon hinfahren. Der Heilige Imam läuft uns nicht davon.«

»Wann kommen wir überhaupt einmal von diesem

Stall weg? Mal ist die Zeit der Aussaat, mal die der Ernte. Dann müssen Melonen angebaut werden, und danach kommen tausend andere Dinge.«

»Wenn Gott will, werden wir nächstes Jahr um diese Zeit fahren. Dann wird das Kind ein wenig kräftiger sein, du wirst dich wohler fühlen und auch flinker geworden sein, und ich werde bis dahin ein paar Münzen auf die Seite gelegt haben. Dann können wir für zehn Tage das Vergnügen einer Pilgerfahrt wagen. Vielleicht werden wir auch Baba Sobhan und Mossajeb mitnehmen.«

Schritte waren zu hören. Saleh schaute nach. Es war Baba Sobhan. Den Krug fest mit den Armen umklammernd, ging er vorsichtig an der Grube vorbei, lehnte den Krug an die Wand und kam zur Tür. Er fasste mit einer Hand den Türrahmen und streckte den Kopf ins Zimmer.

»Bist du endlich da?«

»Sei gegrüßt«, sagte Saleh.

»Warum so spät?«

»Nun, wir sind etwas später als sonst losgegangen. Unterwegs hat uns Mossajeb noch eine Weile aufgehalten.«

»Wo ist Mossajeb?«

»Am Weiher. Du bist doch dort vorbeigegangen. Hast du ihn nicht gesehen?«

»Da sind doch nicht nur zwei, drei Leute, mindestens fünfzig treiben sich da wie Lämmer und Ziegen herum. Wer weiß, was sie alle dort zu suchen haben. Wie soll ich Mossajeb unter so vielen Menschen erkennen, mit meinen Augen, die für jeden Schritt extra belohnt werden wollen?«

»Sie spielen Räuber und Gendarm.«

»Das Geschrei und Getöse ließ eher vermuten, dass sie gerade dabei waren, einen auszupeitschen. Und dies am späten Abend!«

Baba Sobhan setzte sich auf die Stufe neben der Tür, holte aus der Jacke seinen Tabaksbeutel heraus und fuhr fort: »Es fällt denen nicht ein, dass bei dieser Dunkelheit die Peitsche jemanden am Auge treffen und ihn erblinden lassen könnte.«

Er zündete die Pfeife an und flüsterte vor sich hin: »Solange man jung und unerfahren ist, ist man nicht viel klüger als ein Esel.«

»Weshalb sitzt du da draußen, komm herein.«

»Ich werde schon kommen. Lass mich erst einmal richtig Atem holen.«

Schokat nahm ein Glas Tee und ein paar Zuckerstücke und stellte sie neben Baba Sobhan.

»Jetzt will ich keinen Tee«, sagte Baba Sobhan. »Bring ihn zurück. Ich muss zuerst meine Pfoten waschen.«

»Vater, du verhältst dich so komisch wie der berühmte Mollah Nasreddin«, sagte Saleh. »Du gehst zum Wasserspeicher, wäschst dich aber nicht dort, das Trinkwasser gießt du in den Trog des Esels, du trägst mit deinen fünfzig Jahren einen Wasserkrug auf den Schultern, und dies auch noch vor aller Augen und zu abendlicher Stunde, wo du kaum zwei Schritte weit sehen kannst. Ich begreife das nicht.«

Baba Sobhan blies eine Rauchwolke aus. »Ich bin gescheit genug, zu wissen, dass man dem Esel kein Trinkwasser gibt. Ich habe es mit Absicht getan, damit dieses Mädchen nicht mehr zum Speicher geht. Sie darf keine

Last tragen, die schwerer ist als eine Schüssel. Du weißt, sie bewahrt ein Pfand, das sie heil zum Ziel bringen muss. Was könnte mir schon zustoßen? Was geht mir denn ab, wenn ich Wasser hole, Wasser für mich und meine Kinder? Würde ich Wasser an Fremde verkaufen, müsste ich mich schämen. Aber das ist doch keine Schande. Eine Schande wäre es, wenn du kein Brot zum Beißen hättest. Verstehst du das?«

»Aber es ziemt sich doch nicht, wenn ein Mann in deinem Alter mit einem Krug auf der Schulter neben hundert Frauen zum Speicher geht. Das ist Frauenarbeit. Wenn du nicht willst, dass Schokat Wasser holt, werde ich Mossajeb bitten. Er ist noch jung, da fällt es nicht so auf.«

Baba Sobhan erhob sich, klopfte die Asche aus seiner Pfeife und ging zum Brunnen. Er warf den Kübel hinein und flüsterte vor sich hin: »Wenn ich nur wüsste, von wem ihr diesen Stolz geerbt habt.«

Er hörte Salehs Stimme, der zu Schokat sagte: »Macht es dir was aus, wenn du etwas Schweres trägst?«

Schokat senkte den Kopf.

Baba Sobhan rief laut vom Brunnen her: »Sicher macht es ihr was aus. Muss sie eine Fehlgeburt haben, damit du das endlich kapierst?«

Schokat fasste Saleh am Knie. Er gab nach und lachte.

»Was gibt es zum Abendessen?«

»Fleischeintopf.«

Baba Sobhan betrat das Zimmer, trocknete Hände und Gesicht mit einem Zipfel seiner Jacke und setzte sich neben den Samowar.

Schokat schenkte ihm Tee ein, und Saleh warf ihm

ein Kissen zu. Baba Sobhan platzierte es unter seinem Arm und sagte: »Nun erzähl. Wie läuft die Arbeit? Kommt sie voran?«

Saleh trank sein siebtes Glas Tee aus und antwortete: »Wenn wir zu zweit arbeiten, wird es bis zum Monatsende dauern. Wenn wir aber Hilfsarbeiter einsetzen, schaffen wir es in zwei Tagen.«

»Wozu braucht ihr Hilfsarbeiter? Einem Kalb, das hundert Dinar Wert ist, bindet man doch kein Band um den Hals, das siebenhundert Dinar kostet! Mit Gottes Hilfe schafft ihr es zu zweit in vier Tagen.«

»Das denke ich auch. Mossajeb – Gott schütze ihn – arbeitet so gut wie zwei Männer zusammen. Aber so wie der Wind weht und die Zweige sich bewegen, scheint es, dass dies das letzte Jahr ist, in dem wir diesen Boden bebauen können.«

Baba Sobhan blickte Saleh verwundert an: »Was soll das heißen?«

Saleh lachte: »Nichts, es sieht danach aus, dass man uns dieses Stück Land nicht gönnt und es uns wegnehmen will.«

»Wer, wer möchte euch den Boden wegnehmen?«

»Die Besitzerin.«

»Das Weibsstück?«

»Wer sonst? Gibt es einen anderen Besitzer?«

Baba Sobhan trank schlürfend den letzten Rest Tee aus der Untertasse, stellte das Teeglas vor seine Füße und sagte: »Nein, sie ist die einzige Besitzerin … Aber ich dachte, vielleicht … Bisher hatte es doch keine Probleme gegeben?«

»Doch. Seit einiger Zeit, das heißt seit einigen Monaten, schleicht der Sohn der Bettlerin Sedigheh um

Adeleh herum. Und wie man hört, ist Adeleh nicht abgeneigt, ihn zu ihrem Pächter zu machen.«

»Meinst du den Gholam Fasanghari?«

»Ja, den meine ich.«

»Gibt es in dieser Gegend keinen Besseren als den Sohn der Bettlerin Sedigheh? Dieser Maulesel von einem Kerl hat doch keine Ahnung von Landarbeit. Sonst sähe sein Leben anders aus.«

»Das ist ihr gleichgültig. Hauptsache, sie bekommt ihre Pacht.«

Baba Sobhan steckte seine Pfeife in den Beutel, um nachzustopfen, und brummte: »Schon wieder verwandelt sich dieses Stück Brot, das wir uns in den Mund stecken wollen, in einen giftigen Brocken.«

»Er wird es schon merken. Dieses Mal weht ein anderer Wind. Was auch auf uns zukommt, ich werde ihm trotzen. Ich weiß, was er im Schilde führt. Er ist weder ein Mann des Feldes noch der Arbeit. Auch als Pächter ist er untauglich. Er will es nur auf mich anlegen und sich groß aufspielen.«

Baba Sobhan, der Salehs Worte nicht mitbekommen hatte, sagte: »Wie soll das denn überhaupt vor sich gehen? Ein Sechstel des Bodens gehört dir, das heißt deiner Frau. Wie kann das Weibsstück einen Gemeinschaftsbesitz nach eigenem Gutdünken einem anderen überlassen?«

Saleh nahm ein paar Züge aus Vaters Pfeife und sagte: »Genau, das denke ich auch.«

»Nein, das geht auf keinen Fall. Sie kann nicht über den ganzen Grundbesitz verfügen. Sie wird sich nicht durchsetzen können, oder?«

»Was soll ich dazu sagen? Ich kann nicht für sie sprechen. Wenn sie die Absicht hat, uns kleinzukriegen, wird sie sich etwas einfallen lassen.«

Baba Sobhan schaute Saleh misstrauisch an: »Hast du dich mit ihr gezankt?«

»Nein, warum sollte ich mit ihr zanken?«

»Was hätte sie denn sonst für einen Anlass, den Pächter zu wechseln? Was haben wir ihr denn getan? Haben wir vielleicht ihre Erbschaft geraubt? Ich habe sie doch niemals unhöflich behandelt. Du selbst bringst ihr zu Beginn einer jeden Jahreszeit eine Ladung erlesenes Obst ins Haus. Hast du sie jemals gebeten, dir auch nur hundert Tuman von der Pacht nachzulassen? Nein, das hast du doch nie getan. Na also. Ist sie denn ein Quälgeist, oder krabbeln Würmer in ihrem Bauch herum, dass sie einem anständigen Muslim so was antun will?«

»Ich weiß es nicht. Diese Fragen müsste man ihr stellen. Ist das Abendessen fertig?«

Schokat stand auf, um nach dem Fleischgericht zu sehen, das sie in die Backgrube gestellt hatte. Saleh stützte den Ellbogen auf den Boden und den Kopf in die Hand.

Baba Sobhan fuhr fort: »Vielleicht ist das Ganze nur ein Gerücht. Wer hat dir die Nachricht überbracht?«

Saleh brauchte Ruhe. Er starrte auf den Teppich und wünschte, Baba Sobhan würde endlich schweigen.

Baba Sobhan wiederholte seine Frage: »Na, sag schon, von wem hast du es erfahren?«

»Es wird darüber gemunkelt, irgendjemand hat es mir gesagt.«

Baba Sobhan hakte beharrlich nach: »Hat die Nutte einen Boten zu dir geschickt? Darf ich es denn nicht erfahren?«

»Ja, was weiß ich, sie hat einen Kuppler beauftragt. Es war der Sohn von Herrn Gol«, sagte Saleh widerwillig.

Baba Sobhans Lippen erstarrten, sein Kopf sackte ein. Saleh schämte sich. Er wollte etwas sagen, um die Stimmung wieder aufzuheitern. Aber er schaffte es nicht. Er war zu erschöpft. Er hatte nur den Wunsch, schnell zu essen und schlafen zu gehen.

Schokat rief von draußen: »Das Essen ist fertig. Soll ich es bringen?«

»Ja«, antwortete Saleh ungeduldig.

Baba Sobhan klopfte seine Pfeife an der Wand aus. »Warum hast du ihr die diesjährige Pacht noch nicht gebracht?«

»Morgen werde ich sie ihr bringen.«

»Das hättest du früher tun sollen. Eine allein stehende Frau gleicht einem Waisenkind. Wenn sie ihr Geld nicht unter dem Kopfkissen hat, kann sie nicht einschlafen.«

»Noch ist das Jahr nicht zu Ende. Soll ich ihr die Pacht früher geben als vereinbart?«

Die Angst fraß Baba Sobhan das Herz. »Nein, aber ob man will oder nicht, letztendlich muss jeder sein Leben dem Tod überlassen. Wenn du rechtzeitig zahlst, ist es für dich selbst beruhigender. Außerdem schließt du damit jeden Vorwand aus. Gott sei gedankt, du hast finanziell keine Probleme.«

Von jenseits der Mauer hörte man dumpf Mossajebs Stimme, dann das Knarren der Tür. Er schritt durch den Hof und kam sogleich ins Zimmer, zog seine Stoffschuhe aus, stellte sie ordentlich nebeneinander und setzte sich in die Nähe des Samowars. Baba Sobhan drückte die Hand gegen Mossajebs Brust und sagte: »Setz dich weiter zurück. Du verbrennst dich.«

»Tee, ich möchte Tee haben«, sagte Mossajeb.

»Rück weiter zur Seite«, sagte Saleh, »noch weiter. Gut so. Gleich kommt deine Schwägerin und gibt dir Tee.«

Schokat trat ins Zimmer, stellte den Steintopf neben den Samowar, setzte sich hin und sagte, zu Mossajeb gewandt: »Möge Gott dir mehr Kraft geben.«

»Danke, schenk mir Tee ein.«

»Sofort, hier.«

Sie stellte Mossajeb ein Glas Tee hin, nahm den Deckel des Steintopfs ab. Fettiger Dampf quoll hervor.

Mossajeb leerte sein Glas und sagte zu Saleh: »Meine Kette ist gerissen.«

Baba Sobhan hob den Kopf. »Hast du schon wieder das arme Tier geschlagen?«

»Nein«, sagte Saleh. »Er hat sicherlich die Kette gegen die Wand geschlagen.«

Die großen Augen Mossajebs lachten den Bruder an: »Nicht gegen die Wand, gegen eine Platane.«

»Was sind das für dumme Spiele«, sagte Baba Sobhan. »Die Kette könnte doch zurückprallen und dich verletzen!«

Mossajeb wandte sich an Saleh: »Kauf mir eine dicke Kette aus Eisen.«

Saleh, der im Schneidersitz auf dem Boden saß, antwortete: »Schon gut, rück ein Stückchen zur Seite.«

Mossajeb folgte der Anweisung. Baba Sobhan stellte den Samowar in die Ecke, und Schokat breitete im Kreis der Männer ein kariertes Tischtuch auf dem Boden aus.

Noch dampfte die Leber zwischen Gholams Fingern. Er bog in die Karawanserei ein, ging in Chalus Zimmer, nahm die kupferne Platte neben der Wand, legte die Leber darauf, zog ein Messer aus der Tasche und setzte sich. Dann steckte er sich die Leber zwischen die Zähne, zerrte mit den Fingern daran und zerriss sie.

Chalu kniete neben dem Kohlenbecken und rauchte. Er hatte ein paar Gramm Opium auf ein Hufeisen geklebt und zwei lange Spieße in die Glut gesteckt. Der Reihe nach nahm er einen Spieß, drückte dessen rot glühende Spitze auf das Opium. Das Opium löste sich zischend in Rauch auf, und Chalu atmete den Rauch durch das Papierrohr ein, das er zwischen den Lippen hielt. Er hatte kräftige Schultern, einen kurzen Hals, krumme Beine und einen großen Kopf. Er war ein alter Karawanenführer und verwaltete nun die Karawanserei. Als Gholam sich setzte, wandte sich Chalu ihm halb zu, starrte mit seinen stechenden, zornigen Augen auf die Platte und sagte: »Was ist das denn schon wieder?«

»Leber.«

»So groß?«

»Das ist die Leber eines Kamels.«

»Bist du so früh am Morgen bei der Metzgerei gewesen?«

»Nein, ich habe das alte Kamel vom hinkenden Ayub geschlachtet.«

»Wo, in der Wüste?«

»Nein, hier, hinter der Mauer der Karawanserei.«

»Das war also dieses Kamel, das ich so heulen und brüllen hörte.«

»Vielleicht.«

»Das arme Tier.«

Chalu wandte sich zum Kohlenbecken, nahm einen glühenden Spieß, drückte ihn auf das Opium und brummte etwas vor sich hin.

Gholam stand auf, ließ ein Stück Leber auf der Platte liegen und sagte: »Brate sie zum Mittag.«

Chalu stöhnte: »Ohne Zutaten?«

»Was weiß ich.«

Gholam ging hinaus, schritt zu einer Ecke der Karawanserei. Dort trieb sich sein Hahn auf dem Misthaufen zwischen den Eseln herum. Gholam lockte ihn mit einem schmatzenden Geräusch, und schon rannte Laleh auf ihn zu. Laleh glich einem Zicklein mit stämmigen Beinen, er war von oben bis unten rot wie eine Tulpe. Seine Augen leuchteten wie zwei Kupfermünzen, und majestätisch wie ein Habicht schwang er seine Flügel. Laleh war stadtbekannt, vor allem unter den Vogelzüchtern. Er hatte mit seinem scharfen gebogenen Schnabel einem Fohlen die Augen und fünf Hähnen das Hirn herausgepickt. Gholam setzte den Hahn auf seine Schulter, hielt ihm ein Leberstück vor den Schnabel und ging zu Chalu zurück.

Chalu hockte neben der Platte. Er war gerade dabei, mit einem alten Messer die Leber zu zerstückeln. Gholam ließ den Hahn im Zimmer herumfliegen, Chalu schreckte auf. Der Hahn setzte sich auf den verzierten Rand der Platte. Chalu wich zurück und schaute Gholam an, der lachend an der Türschwelle stand. »Du treibst deinen Spaß mit mir, du verdammter Kerl!«

Gholam lachte weiter: »Nimm dir doch ein Stück.«

»Wer wird sich jetzt in die Nähe der Platte wagen?!«

Gholam fing den Hahn und sagte: »Bring mir eine Schüssel.«

Chalu gab ihm eine alte Kupferschüssel. Gholam zog aus der Tasche einen Darm, dessen Enden mit einem Faden zusammengebunden waren. Mit den Zähnen riss er das eine Ende auf. Aus dem Darm floss warmes Blut in die Schüssel. Dampf stieg auf. Gholam ließ den Hahn an die Schüssel. Als der Hahn das Blut ausgetrunken hatte, nahm ihn Gholam auf den Arm, streichelte ihm zärtlich über den Kamm und ging hinaus.

Chalu fragte: »Wohin? Gott steh dir bei.«

Hinter der Stadtmauer hatten die Zigeuner ihre Waren ausgelegt.

»Sei gegrüßt, Gevatter«, sagte Gholam.

Ein alter Mann, der einen gelben Schal um den Kopf gebunden hatte und dessen Rosenkranz mit einer Rose geschmückt war, streckte sein dunkles, pockennarbiges Gesicht aus der Zeltöffnung: »Sei gegrüßt, Maschdi.«

Gholam streichelte die Kehle seines Hahns und sagte: »Ich habe gehört, dass sich hier ein guter Kampfhahn befindet.«

Der alte Mann streckte die Hand aus, in der er den Rosenkranz hielt: »Eskandar … dort drüben, das vierte Zelt.«

Eskandar saß hinter seinem kleinen Amboss und feilte an einer Zange herum. Er war ein Mann mittleren Alters, dunkelhäutig und von großer Gestalt, wirkte aber etwas kränklich. Sein Haar war tintenschwarz, seine Stirn glatt, die Nase spitz, die Augen waren grün.

»Gott gebe dir viel Kraft, Herr Eskandar«, sagte Gholam.

»Gott schütze dich, Bruder.«

»Ich habe gehört, dass du einen bewundernswerten Hahn besitzt.«

»Scherze nicht, Maschdi. Wer hat das behauptet?«

Er drehte die Zange auf dem Amboss und kniff prüfend ein Auge zu.

»Es ist wirklich wahr, ich habe es gehört.«

»Dann hat man einen Unsinn erzählt.«

Er musterte aus den Augenwinkeln Gholams Hahn.

Gholam setzte sich vor das Zelt. »Nun zier dich nicht.«

Eskandar lachte: »Wir sind fremd hier, Maschdi. Lass mich ein paar Zangen und Hämmer herstellen, damit die Mutter meiner Kinder sie verkaufen kann und wir ein Stück Brot zu essen haben.«

»Wie du willst«, sagte Gholam.

Er betrachtete seinen Hahn, strich ihm über die Federn und fuhr fort: »Seit einigen Wochen ist er nicht mehr geflogen. Er wird doch nicht faul und träge geworden sein.«

»Wie heißt er denn?«

»Laleh.«

Eskandar musterte den Hahn eingehender.

»Er sieht aber ganz schön kräftig und kampflustig aus. Gott schütze ihn. Ist er ein Lari?«

»Ich glaube, ja.«

»Mein Duck wird nicht einmal den Staub sehen können, den dein Hahn beim Rennen aufwirbelt. Duck … Duck … Duck, Mutschi, Mutschi, he du, komm her!«

Duck, ein hoch gewachsener, pechschwarzer Hahn, kam mit sanftem, stolzem Schritt aus dem hinteren Teil des Zeltes hervor, sprang auf den Amboss und hielt seinen langen, sichelförmigen Schnabel dem schwarzen Schnurrbart Eskandars entgegen.

»Siehst du, Maschdi, er ist noch sehr jung.«

Gholam heftete seinen Blick auf den Hahn.

»Ist es nicht so«, fragte Eskandar, an Duck gewandt. »Du bist doch zu jung für diesen Kampf.«

»Dafür scheint er aber recht flink zu sein.«

»Jedoch Laleh niemals gewachsen.«

»Ihr Zigeuner seid kluge Händler. Worum wetten wir nun?«

»Wie es dir beliebt, Maschdi.«

»Bist du mit zwanzig Tuman einverstanden?«

»Vergleiche dich nicht mit mir. Meine Möglichkeiten sind sehr beschränkt.«

»Fünfzehn Tuman.«

»Gott möge dein Hab und Gut vermehren. Mir ist das aber zu viel.«

»Dann zehn.«

»Einverstanden. Aber statt Geld bekommst du Waren von mir.« Er zeigte Zangen, Spieße, Hämmer und Messer. »Ich habe auch Messer mit einem Stiel aus Hirschgeweih, für besonders vornehme Herren.«

»Du bist aber hartnäckig«, sagte Gholam. Er nahm ein Messer, sechs Spieße, zwei Hämmer und fünf Zangen. »Gut, die nehme ich statt zehn Tuman.«

»Bei meinem Leben, es ist zu viel.«

»Was ist zu viel? Wozu brauche ich überhaupt dieses Zeug? Sagen wir acht Tuman gegen zehn Tuman. Einverstanden?«

»Nein, wirklich nicht«, sagte Eskandar lächelnd.

»Zehn gegen sieben. Das ist mein letztes Angebot.«

Eskandar neigte seinen Kopf zur Seite: »Was soll ich

noch sagen? Ich möchte dich nicht enttäuschen. Komm, wir hinterlegen das Geld beim Karbalai Aziz.«

Jeder nahm seinen Hahn in den Arm. Sie gingen zum vierten Zelt. Der alte Mann mit dem gelben Schal und dem Rosenkranz begleitete die beiden zum Graben hinter der Stadtmauer.

»Nimm Maschdis Pfand«, sagte Eskandar.

Karbalai Aziz nahm Gholams zehn und Eskandars sieben Tuman und steckte das Geld in einen Beutel, der ihm auf der Brust hing. Alle drei stellten sich an den Rand des Grabens.

»Nun, Maschdi, es kann losgehen«, sagte Eskandar.

»Wir bleiben hier stehen.«

»Wie du willst«, sagte Eskandar, zog seine Mütze hoch und kratzte sich die Haare.

»Im Namen des barmherzigen Gottes, lasst die Hähne fliegen«, sagte Karbalai Aziz.

Die beiden Hähne flatterten wie auf Kommando in den Graben. Eskandar setzte sich hin und zündete sich eine Zigarette an. Karbalai Aziz lehnte sich an einen großen Steinbrocken, der aus der Mauer gebrochen war, und Gholam starrte kauernd auf seinen Hahn.

Laleh streckte den Rumpf sowie die stämmigen Beine durch, bezog Stellung, reckte den Hals, breitete die roten Flügel aus und heftete seine feurig glühenden Augen auf Duck. Duck schien ängstlich und vorsichtig, als achte er mit jeder seiner Federn auf Laleh. Seine Flügel hatten sich noch kaum geöffnet, die Halsfedern waren zerzaust.

Ohne sich gegenseitig aus den Augen zu lassen, drehte sich jeder einmal um sich selbst. Wie bei jedem Kampf startete Laleh auch jetzt den ersten Angriff. Er zielte auf Ducks Auge und sprang auf ihn zu. Duck bewegte flink seinen langen Hals, sodass Laleh sein Ziel verfehlte. Laleh zielte auf Ducks anderes Auge. Duck drehte den Kopf und stieß seinen Schnabel wie einen Dolch in Lalehs Schulter. Die Hähne nahmen Abstand voneinander, umkreisten sich ein paar Mal. Wieder setzte Laleh wutentbrannt zum Angriff an und traf mit seinem spitzen Schnabel Ducks Hals. Duck zitterte wie Espenlaub. Laleh ließ ihm keine Zeit, zielte abermals aufs Auge. Doch Duck sprang zur Seite. Während Laleh versuchte, den Flügel des Gegners zu schnappen, duckte sich dieser und bohrte seinen Schnabel tief in Lalehs Schenkel. Laleh begann zu hinken und ließ sich auf Duck fallen. Duck reagierte zu spät, Lalehs Schnabel traf seinen Augenwinkel. Aus Ducks Auge troff Blut.

Gholam schwitzte hinter den Ohren, und mitten in seiner Stirn quoll eine Ader hervor. In seiner Faust hielt er einen Klumpen Erde, den er mit seinen großen Fingern zerdrückte. Karbalai Aziz hatte sich halb aufgerichtet. Er starrte gebannt in die Grube und hielt den Rosenkranz unbewegt zwischen den Fingern. Eskandar glich einer Statue aus Glanzkohle. Regungslos hockte er auf dem Boden. Seine Zigarette war fast zu Ende gebrannt, die Glut näherte sich seinen Fingern. Wie verzaubert verfolgte er die Hähne, als wolle er jeden Augenblick bis zum Letzten auskosten.

Laleh trat hinkend, aber voller Stolz, wie ein von einer Kugel getroffener Leopard, ein wenig zurück und sicherte seine Stellung. Duck schien vor Wut zu kochen. Seine Sinne waren geschärft wie ein blanker Degen. Er war zu allem bereit. Mit seinem gesunden Auge fixierte er Laleh, scheuchte ihn in die Mitte der

Grube und griff ihn von der Seite an, so flink und leicht, dass Laleh keine Gelegenheit fand, ihm auszuweichen. Duck war kaum noch zu sehen. Er hatte sich in einen schwarzen Wirbel verwandelt, in den sich das leuchtende Rot von Lalehs Federkleid mischte.

Der Klumpen in Gholams Faust war zu Staub geworden. Eskandars Augen glänzten. Er hatte schon lange darauf gewartet, dass Duck seinen Trick anwendete.

Duck brachte Lalehs Flügel unter seine Krallen und setzte sich halb auf ihn. Lalehs roter, zitternder Kopfschmuck wurde ihm zur Beute. Duck zerriss den Kamm, drückte den Gegner an die Grubenwand und schlug mit seinem spitzen Schnabel wie mit einer Hacke auf den Schädel ein. Laleh hinkte, warf Duck auf den Rücken und schleuderte seinen kräftigen Kopf wie eine schwere Kugel gegen Ducks Augen. Doch Duck hatte den Trick des Gegners rechtzeitig erkannt. Lalehs Kopf schoss ins Leere und fiel erschöpft auf seine Brust. In diesem Moment sprang Duck auf, setzte sich, seine Krallen in die roten Flügel hineinbohrend, wie ein Elefantentreiber auf Lalehs Rücken und begann wild auf den Kopf einzuhacken.

Karbalai Aziz und Eskandar schauten Gholam lächelnd an. Gholam hatte sich bis zur Brust in die Grube gebeugt. Seine Beine baumelten in der Luft. Seine Wangen glühten, seine Halsadern waren geschwollen. Plötzlich begann er zu schreien und stürzte sich in die Grube.

Karbalai Aziz sagte: »Gibst du auf, Maschdi?«

»Er bringt ihn um«, rief Gholam.

Er befreite seinen Hahn aus Ducks Krallen und trug ihn aus der Grube. Duck sprang auf Gholam zu und zielte auf seine Ferse. Eskandar pfiff ihn zurück. Duck folgte seinem Herrn und flog zu ihm. Eskandar nahm ihn in den Arm, verließ die Grube und ging, begleitet von Karbalai Aziz, zu seinem Zelt. Gholam blieb allein zurück. Er band dem Hahn sein Seidentuch um den Kopf.

In einiger Entfernung wandte sich Eskandar um und rief: »Es tut mir Leid, Maschdi.«

Gholam schenkte ihm keinen Blick. In seinen Augen glitzerten Tränen.

Eskandar und Karbalai Aziz verschwanden in den Zelten. Gholam beschloss, zunächst in die Schams-Drogerie zu gehen, um für Lalehs Verletzungen ein Heilmittel zu besorgen. Danach wollte er sich in die Karawanserei begeben und mit seinem Motorrad losfahren, egal wohin, wenn es sein musste, in die Hölle. Vielleicht nach Robat? Nein, unter den Bewohnern Robats hielt er es nicht lange aus, höchstens eine Stunde. Wenn er dort war, plauderte er ein wenig mit den Leuten, sprang wieder auf sein Motorrad und fuhr in die Stadt. Bauern, Boden, Feldarbeit und Heuschrecken – all das waren für Gholam längst abgeschriebene Dinge, sie gingen ihn nichts an. Er besaß kein Grundstück, konnte folglich nichts ernten. Er hatte dort auch keine Verwandten. Sein Vater, ein Straßenarbeiter, war am Straßenrand gestorben – vom Opium verzehrt. Damals war Gholam noch minderjährig. Sein Bruder saß im Gefängnis. Seine Mutter verbrachte die Tage und Nächte wie ein alter Schakal, dem die Zähne ausgefallen waren. Er selbst flüchtete ständig vor sich selbst, von hier nach dort und von dort hierher. Nirgends konnte er Ruhe finden. Er war weder ein Dörfler noch ein Stadtmensch. Er fuhr nach Neischabur, in die Provinz Baschtin, nach Hadj Abad, Tabas, er wanderte nach Kallate Naderi und kehrte wieder zur Kaschmar-Straße und zu Chalu in die Karawanserei zurück, um die Abreise der Busse nach Schamlagh und Baschtin zu organisieren. Seit Jahren sehnte er sich nach einem eigenen Grundstück, aber niemand war bereit, ihm seinen Besitz anzuvertrauen. Einhellig herrschte im Dorf die Meinung, Gholam sei kein Mann des Feldes, er sei ein Schlendrian, ein Taugenichts. Wenn man ihm begegne, sei es besser, sich mit einem Gruß zu begnügen und ansonsten ihn zu meiden.

Vor zwei Jahren hatte er einen Boten zu Schokat geschickt und um sie geworben. Doch Schokats Mutter hatte unter den Bewerbern ihn als Ersten abgewiesen: »Nein, mein Sohn, meine Tochter ist noch nicht heiratsfähig«, hatte sie ihm bestellen lassen. Doch einen Monat später brachte ein Bote von Baba Sobhan der Mutter einen Zuckerhut und ein paar rote Schuhe mit schmalen Absätzen, und Schokat wurde Salehs Frau. Das hatte Gholam tief getroffen. Es war eine Schmach, dass man ihm sogar Schokat, die Tochter einer Frau, die bei Fremden an der Backgrube stand und Brot backte, verweigert hatte. Er konnte seine Zunge nicht mehr beherrschen und setzte schmutzige Geschichten über Schokat und Saleh in Umlauf. Er erzählte überall, dass er früher des Öfteren Schokat heimlich getroffen habe. Das gelangte Saleh zu Ohren. Saleh lachte und sagte: »Geh lieber, kauf eine Ziege, und binde sie an die Hütte deiner Mutter, damit sie nicht Tag und Nacht bei fremden Leuten für ein bisschen Jogurt betteln gehen muss.«

Mossajeb wiederholte eines Nachmittags am Weiher in Anwesenheit einiger Dorfbewohner denselben Satz. Er sagte zu Gholam: »Geh, kauf eine Ziege, und binde sie an die Hütte deiner Mutter, damit sie nicht Tag und Nacht bei fremden Leuten betteln gehen muss.«

Gholam errötete bis über die Ohren. Doch es schien ihm seiner nicht würdig, Mossajeb eine Tracht Prügel zu verabreichen. Hätte er ihn geschlagen, dann hätten ihm die Anwesenden vorgeworfen, er habe einen Jungen, der ihm nicht gewachsen war, misshandelt. Andererseits konnte er auch nicht die Beleidigung unwidersprochen hinnehmen. Dann hätte man ihm Feigheit vorgeworfen – eine Schande für ihn. So musste er Mossajeb zumindest einen Denkzettel erteilen. Er zog Mossajeb an der Schulter von der Platane weg, schleppte ihn wortlos zum Weiher, zwang ihn, sich auf den steinigen Rand zu legen, drückte mit den Knien seine Hände zu Boden und setzte sich auf die Schenkel. Mossajeb begann zu fluchen und schlug wie ein Schaf, das geschlachtet werden sollte, mit dem Kopf, mit Händen und Füßen um sich. Doch Gholam ließ sich davon nicht beeindrucken. Er zog Mossajebs Hemd hoch, öffnete sein Hosenband und schnitt ihm mit dem Taschenmesser ein Büschel seiner schwarzen, krausen Schamhaare ab. Über die Spur der abgeschnittenen Haare floss Blut, und Mossajebs große Augen füllten sich mit Tränen. Gholam erhob sich, legte die Schamhaare in Mossajebs Mütze, zerrte ihn vom Ufer des Weihers weg, sodass er in Richtung des Hauses von Baba Sobhan zu stehen kam, und versetzte ihm einen heftigen Tritt in den Hintern. Mossajeb rannte drei Schritte, stolperte, fiel hin und schlug mit der Stirn auf den Boden. Dann stand er auf, zog seine Hose hoch und rannte wie ein kastriertes Kalb schreiend nach Hause.

Auch nach diesem Vorfall drückte Saleh ein Auge zu und ließ sich nichts anmerken.

Es kam der Abend von Salehs Hochzeit. Saleh hatte gerade die Braut mit Kandiszucker beworfen, um sie anschließend zu seinem Haus zu führen. Als er das Rattern von Gholams Motorrad hörte, blieb er wie festgenagelt stehen. Die Leute reckten die Hälse, blickten einander über die Schultern, um sich das, was da kommen möge, nicht entgehen zu lassen. Die Laterne, die Mad Jussefs Sohn auf dem Kopf trug, fiel zu Boden und zerschellte, die Schaulustigen wichen im fahlen Schein des Mondes zur Mauer zurück, der Sänger brach seinen Gesang ab. Gholam stieg von seinem Motorrad; er war völlig außer sich und schien die versammelte Menge nicht wahrzunehmen. Wie ein Habicht zielte er auf seine Beute – die Braut. Saleh und noch vor ihm Mossajeb sprangen auf ihn zu. Mossajeb hatte zur Vorsicht einen Stock unter seinem langen Hemd versteckt. Bevor Gholam reagieren konnte, spürte er schon den heftigen Hieb von Mossajebs Stock an der Schlagader seines Halses und fiel kopfüber zu Boden. Baba Sobhan eilte zur Braut, nahm ihr den Brautschleier ab, zog ihr die Schuhe aus, steckte sie ihr unter den Arm, nahm ihre Hand, flüchtete mit ihr in Windeseile nach Hause und versteckte sie in einem Getreidefass. Der Dorfvorsteher versuchte den Streit zu schlichten. Mossajeb riss sich von ihm los, rannte wie ein wütendes Kamel auf Gholam los, hob seinen Stock und zielte auf den Schädel. »Halt«, rief der Dorfvorsteher. Saleh fing den Stock noch rechtzeitig in der Luft und stieß Mossajeb zur

Seite. Doch Mossajeb wollte keine Ruhe geben. Er warf sich auf Gholam, zog ihn zu dem steinigen Ufer des Weihers, setzte sich auf ihn, zückte sein Messer und drückte die Klinge auf Gholams Gürtel. Saleh fasste Mossajeb an den Schultern, riss ihn von Gholam los und stieß ihn in die Menge der Zuschauer hinein. Baba Sobhan kam zurückgerannt, wollte zu Gholam, um zu sehen, wie es um ihn stand. Doch die Frauen ließen ihn nicht durch. Sie hatten Gholam umringt und beschmierten und bewarfen ihn mit Schlamm.

Seit diesem Ereignis vor eineinhalb Jahren setzte Gholam alles daran, Saleh das gepachtete Grundstück abspenstig zu machen. Er hatte Adeleh keine Ruhe gelassen, sie hatte ihn aber jedes Mal abgewiesen.

Gholam betrat die Karawanserei. Den am Kopf verletzten Hahn trug er wie ein Kind im Arm. Seine Gesichtszüge verrieten noch immer Wut und Gram.

Chalu saß am Kohlenbecken. Er hatte das Stück Leber klein geschnitten und war dabei, es in einer Pfanne zu braten. »Hat er verloren?«, fragte er.

Gholam gab ihm keine Antwort. Er legte Laleh in eine Nische und setzte sich selbst auf die Türschwelle.

Chalu sagte: »Das Weib hat dich gesucht.«

»Welches Weib, meinst du Soghra?«

»Nein, von der Sorte war sie nicht. Es war ein schlaues, mit allen Wassern gewaschenes, altes Weib. Sie sagte, sie habe von Adeleh … ja, so ähnlich war der Name, eine Nachricht für dich.«

Gholam fuhr hoch: »Adeleh?«

»Ja, so klang der Name.«

Gholam streute Laleh ein paar Hirsekörner hin.

Adeleh stand vor einem großen Spiegel und betrachtete ihren Körper. Sie war dickleibig und sah gut gelaunt und fröhlich aus. Ihre Goldzähne glänzten im Spiegel, ihr volles, krauses Haar umringte ihre Stirn, und ihre mit Antimon geschminkten Augen stachen wie zwei Tintenkleckse aus ihrem runden, weißen Gesicht hervor. Ihr weites, blaues Seidenkleid reichte fast bis zu den eierförmigen Knien, die vollen Brüste darunter wippten mit jeder Bewegung. Sie hob den Arm, streichelte ihren Hals und Nacken, und dabei huschte ihr Blick über den blauen Stein in ihrem Ring und ihre glitzernden Armbänder. Sie war mit sich zufrieden und fand, dass sie besonders frisch aussah, frischer, als sie in Wirklichkeit war. Vielleicht wollte sie sich auch nur einreden, dass sie immer noch anziehend war. An ihrem Aussehen konnte sie jedenfalls nichts bemängeln. Sie fuhr sich mit der Kammspitze ins Haar und fächerte ihre Fransen über den Augenbrauen. Ja, so war es besser, reizender, begehrenswerter. Wenn jetzt Gholam käme! Ihr Herz zitterte.

Schon bei der ersten Begegnung mit Gholam hatte sie dieses Schaudern gespürt. Sie hatte sein Verlangen nach dem Grundstück jedoch immer zurückgewiesen, um seine Gier anzufachen. Wen hätte sie Gholam vorziehen sollen, diesem gut gebauten Mann mit dem großen Gesicht, den runden blauen Augen, roten Ohren und einer Brust wie der Schutzschild Alexanders des Großen. Und dann diese riesigen Hände. Jeder seiner Finger war so dick wie das Handgelenk eines gewöhnlichen Mannes. Seine Arme waren so kräftig, dass sie den Hals eines Ochsen brechen konnten. All dies entzückte Adeleh. Soweit sie sich erinnern konnte, hatte sie sich schon immer nach so einem Mann gesehnt. Selbst zu der Zeit, als ihr Mann Ataollah noch lebte, vermochte sie ihre Blicke, die auf den Schultern und Nacken fremder Männer herumtanzten, nicht zu zügeln. Denn sie war wie ein Bock und Ataollah wie eine Ameise. Solange er lebte, musste Adeleh ihn wegen des Geschwätzes der Leute ertragen, aber nun, da er tot war, konnte sie unbeschwert an Gholam denken. Er brauchte sie, und sie brauchte ihn. Nicht einmal ein Gespenst käme dahinter, wenn sie ihr gegenseitiges Verlangen befriedigen würden. Grundbesitzer und Pächter waren noch nicht abgeschafft. Und selbst wenn jemand davon erfahren sollte, was wäre dabei, was könnte man ihr vorwerfen? »Ich stelle den Boden, das Haus und das Geld zur Verfügung und er seine Arme und Hände«, sagte sie sich.

Zuerst hörte man ein Knarren der Tür, dann das Schlurfen von Hausschuhen auf dem gepflasterten Boden der Vorhalle. Safieh kam die Treppe herauf. Einen Augenblick später erschien ihr lang gezogenes, braunes Gesicht mit den mit Henna gefärbten, dünnen Haaren und den müden, mit Antimon geschminkten Augen im Türrahmen. Adeleh sah sie im Spiegel.

»Und, was hast du erreicht?«

»Liebe Frau, er war nicht da.«

Adeleh wandte sich um: »Wo hast du nach ihm gesucht?«

Safieh setzte sich auf die Türschwelle, räusperte sich und sagte: »In der ganzen Stadt, an der Busstation, in Darwischs Kneipe, im Nationalpark und in der Karawanserei. Chalu sagte, er sei heute Morgen mit seinem Hahn weggegangen.«

Adeleh setzte sich auf das Bett und spreizte, wie Männer es zu tun pflegen, die Beine.

»Soll ich dir ein Glas Sirup bringen?«, fragte Safieh.

»Nein, einen Aschenbecher.«

Sie zündete sich eine Zigarette an.

Eine Straße, ein altes Gebäude, dahinter die gepflasterte Gasse, eine alte Tür aus Nussbaumholz, ein Türbogen wie in der Moschee, derselbe Weg, dieselbe Landschaft.

Saleh rückte seinen Hut gerade, knüpfte seine Weste zu und klopfte sanft an die Tür. Wenige Augenblicke vergingen, dann hörte er Safiehs Hausschuhe über den gepflasterten Boden der Vorhalle schlurfen.

»Wer ist da?«

»Ich bin es, Tante Safieh.«

»Wer bist du?«

»Kennst du meine Stimme nicht mehr? Saleh, Saleh, der Sohn von Baba Sobhan.«

Der Türriegel wurde weggeschoben, das lange Gesicht Safiehs mit den hennagefärbten Haaren zeigte sich im Türspalt. Saleh lachte freundlich, um eine langjährige Bekanntschaft zu demonstrieren.

»Seid gegrüßt Tante, ich hoffe, es geht Ihnen gut.«

Safieh murmelte etwas vor sich hin und sagte: »Du willst vermutlich die Herrin sprechen.«

»Ist sie da?«

Safieh ließ ihn ohne Antwort stehen, schloss die Tür,

ging und kam nach einer Weile wieder. »Komm herein«, sagte sie.

Saleh betrat die Stufen der Vorhalle und ging auf den Hinterhof zu. Safieh hielt ihn an, forderte ihn geschickt auf, sich auf eine Steinbank neben der Vorhalle zu setzen, und sagte: »Hier ist es nicht so staubig. Ich bin gerade dabei, den Hinterhof zu kehren.«

Saleh setzte sich, beugte die Schultern nach vorn und heftete seinen Blick auf den Hinterhof. Es war Adeleh, die daherkam. Ihre roten Hausschuhe tanzten an ihren Füßen. Als sie die Vorhalle betrat, erhob sich Saleh und grüßte, ohne Adeleh in die Augen zu schauen.

Adeleh erwiderte fast flüsternd den Gruß, setzte sich hin und fragte: »Gibt es was Neues?«

Saleh befeuchtete seine Lippen mit der Zungenspitze: »Was Neues … was Neues … Nein, Herrin. Ich hoffe, dass Sie sich glücklich fühlen.«

»Warum setzt du dich nicht?«

Saleh setzte sich.

»Hast du schon gefrühstückt?«

Saleh lachte: »Gefrühstückt? Es ist bald Mittag, Frau Adeleh.«

»Es könnte ja trotzdem sein, dass du noch kein Frühstück hattest.«

»Doch, vielen Dank. Möge Gott Sie immer für uns erhalten. Ich bin gekommen, um die Rechnung zu begleichen.« Er nahm ein Bündel Geldscheine aus einem karierten Tuch heraus und hielt die Scheine vor Adeleh.

»Ist es nicht zu früh?«, sagte Adeleh. »Ich glaube, du hast noch ein paar Tage Zeit.«

»Ich dachte, vielleicht brauchen Sie es«, antwortete Saleh lächelnd.

»So dringend auch wieder nicht«, sagte sie abschätzend. Sie nahm die Geldscheine und fuhr fort: »Hast du meine Nachricht erhalten?«

Saleh rückte ein wenig von Adeleh ab, lehnte sich an die Tür zur Vorhalle und sagte: »Ja, ich habe sie durch den Sohn von Herrn Gol erfahren.«

Adeleh begann das Geld zu zählen. »Ich möchte dir deinen sechsten Teil vom Grundstück abkaufen.«

»Dieses kleine Grundstück ist doch Ihrer nicht wert.«

»Egal, ich will es trotzdem kaufen.«

»Das Grundstück gehört aber nicht mir.«

»Wem denn?«

»Meiner Frau. Der Grundbrief ist auf ihren Namen ausgestellt.«

»Gut, dann kaufe ich es von ihr. Mit diesem Stückchen Boden kann sie ohnehin nichts anfangen, selbst wenn sie darin Juwelen finden würde. Außerdem möchte ich meinen Boden vielleicht selbst bebauen. Was würde ihr dann dieses Grundstück, so groß wie eine Handfläche, bringen?«

Ein müdes Lächeln breitete sich auf Salehs Lippen aus: »Welche Frau wäre bereit, ihren Besitz zu verkaufen?«

»Gut, wenn sie bares Geld besitzt, kann sie meine fünf Anteile kaufen.«

»Woher soll sie bares Geld nehmen, woher?«

»Dann soll sie verkaufen. Ihr kann es doch gleichgültig sein, ob sie ein Grundstück besitzt oder bares Geld.«

»Bargeld und Grundbrief sind nicht dasselbe. Das Bargeld gleicht dem Wind. Es kommt aus einer Hand und verschwindet rasch in der anderen.«

Adeleh wandte ihren Blick von Salehs Stirn ab und sagte: »Nun, wie es ihr beliebt. Wenn sie es nicht verkauft, werde ich mein Grundstück so verpachten, wie es mir passt. Es könnte nämlich sein, dass ich mich plötzlich dazu entschließe, meinen Boden jemand anderem zu einem niedrigen Preis zu überlassen. Was hätte sie in diesem Fall von ihrem Grundstück?«

»Wem wollen Sie es geben?«

»Irgendjemandem.«

»Wer ist dieser Jemand?«

»Das wirst du früh genug erfahren. Lass ihn erst einmal aus dem Spiel.«

Saleh sagte kein Wort mehr. Safieh bot ihm Tee an. Er lehnte ab. Sie kehrte ihm den Rücken zu und ging. Das Schweigen zwischen Adeleh und Saleh dauerte an. Adeleh fühlte sich unwohl. Sie empfand das Herumsitzen als lästig und erhob sich.

Saleh bat sie, noch eine Weile sitzen zu bleiben. Sie setzte sich wieder hin und schaute Saleh erwartungsvoll an. Salehs Gesicht sah plötzlich aufgedunsen aus. Die Adern unter seinen Augen waren hervorgequollen, auf seiner Stirn hatten sich Falten gebildet. Offensichtlich hatte er das Schweigen dazu benutzt, um seine Worte zu ordnen. In einem warmen, freundlichen Ton sagte er: »Schauen Sie, Frau Adeleh, wenn Sie meinen, ein anderer würde Ihnen mehr Geld geben als ich, dann will ich nicht widersprechen. Sie können den Preis bestimmen, und ich werde mich danach richten.«

Adeleh, deren Augenränder zu zucken begonnen hatten, zeigte ihre Goldzähne: »Es geht nicht um meine Einnahmen.«

»Worum geht es sonst? Etwa darum, mir diesen kleinen Grundbesitz abspenstig zu machen? Warum, was haben Sie davon?«

Adeleh lächelte sanft.

»Was habe ich Ihnen Übles getan?«

»Nichts, dazu gäbe es auch keinen Grund.«

»Warum wollen Sie mir dann die Flügel brechen?«

»Ich beabsichtige keineswegs, jemandem die Flügel zu brechen. Ich bin niemandem gram. Möge Gott die Wünsche eines jeden Menschen erfüllen. Mich soll es nicht kümmern.«

»Weshalb wollen Sie es dann doch tun? Wenn Sie einen guten Pächter wollen, wissen Sie selbst, dass Sie keinen fürsorglicheren als mich finden können. Sie wollen doch nicht etwa selbst den Boden bebauen. Und sollten Sie tatsächlich dazu Lust bekommen, wäre ich bereit, Ihnen zu dienen und alles Erdenkliche zu tun. Sie könnten mir nach Belieben Anweisungen erteilen und meine Arbeit kontrollieren.«

»Saleh«, erwiderte Adeleh, »renne nicht dauernd mit dem Kopf gegen die Wand, und lass die langen Reden sein. Ich habe keine Lust mehr, dieses Gespräch fortzusetzen. Was auf meinem Grundstück geschieht, bestimme ich. Bisher habe ich es dir überlassen, jetzt will ich es einem anderen Gottesfürchtigen geben. Ist das klar, hast du es endlich begriffen?«

»Aber der selige Herr Ataollah hatte mir versprochen, bis zu meinem Lebensende auf diesem Grundstück arbeiten zu können. Nun weiß ich nicht, warum Sie …«

»Der hat vielen solche Versprechungen gegeben. Ich habe dafür nicht gebürgt und bin nicht für all den Unsinn, den er von sich gegeben hat, verantwortlich. Allein, dass er dir den sechsten Teil des Grundstücks verkauft und mir damit ein Schreckgespenst aufs Feld gesetzt hat, war ein unverzeihlicher Fehler. Gott verdamme seine Seele. Solange er atmete, hat er ständig Mist gebaut.«

»Ich bin doch an diesem Grundstück beteiligt, oder nicht?«

»Ich habe es dir bereits gesagt, entweder verkaufst du deinen Anteil, oder du kaufst meinen ab. Der Boden muss künstlich bewässert werden. Das kostet zweihunderttausend Tuman. Kannst du dich mit vierzigtausend daran beteiligen?«

»Liebe Frau, wo soll ich das viele Geld hernehmen?«

»Wenn du das nicht kannst, dann musst du entweder dich auf deinen Anteil beschränken oder auf die Arbeit verzichten und dein Haus hüten. Ich werde den Boden dem überlassen, der mir dafür geeignet erscheint und werde dir dann deinen Pachtanteil zukommen lassen.«

»Soll ich mich also in mein Haus verkriechen und die Hände in den Schoß legen, damit ein Fremder meinen Boden bearbeitet und mir die Pacht schickt? Bin ich denn ein Krüppel, habe ich keine Hände?«

»Ich hab es dir doch gesagt, du kannst ruhig den Boden, der dir gehört, bebauen.«

»Was kann man auf meinem kleinen Bodenanteil schon pflanzen? Ich hab doch auch bisher mein Brot durch meine Arbeit verdient, nicht durch den Besitz.«

Adeleh massierte mit der Hand ihre runde, weiße Ferse und sagte: »Zieh das Gespräch nicht sinnlos in die Länge. Das Grundstück gehört mir, und ich möchte es jemandem geben, der es für mich bebaut. Ob dir das gefällt oder nicht, ist mir egal. Und jetzt hör endlich auf zu diskutieren und zu predigen. Hier ist eine Stadt, hier kannst du nicht so laut bellen.«

»Mich kümmert es nicht, welchem Halunken Sie den

Boden geben wollen. Doch da Sie zu keinem Kompromiss bereit sind, erkläre ich hier auf diesem Teppich, dass niemand das Recht hat, das Grundstück zu betreten, auf dem ich arbeite. Ich habe fünf Jahre lang schweißtriefend auf diesem Acker Qualen ausgestanden, um aus ihm eine Ernte herauszuholen. Ich bin doch kein Esel. Niemals werde ich den Boden aus der Hand geben. Ich habe ein Sechstel des Bodens gekauft, um spätere Streitigkeiten zu vermeiden. Und jetzt willst du mir befehlen, meinen eigenen Boden nicht mehr zu betreten. Wer hat es denn nötiger als ich? Nein, auf diesen Boden werde ich niemals verzichten. Wenn du nun vorhast, mir Dolche zu schmieden, dann nur zu.«

»Ach so, der Herr ist beleidigt.«

»Das ist mein letztes Wort.«

Adeleh hatte nicht erwartet, dass Baba Sobhans Sohn ihr gegenüber so dreist auftreten und sich mit ihr anlegen würde. Sie wollte ihn zunächst ohne Erwiderung stehen lassen, aber dazu fehlte ihr die Selbstbeherrschung. So sagte sie: »Es gibt viele, die solche Lieder anstimmen, es aber am nächsten Tag bereuen und einem die Füße lecken. Unsere Auseinandersetzung kann juristisch geregelt werden. Die Gesetze sind für solche Fälle geschaffen worden. Wenn die Frist, für die du die Pacht bezahlt hast, abgelaufen ist und du nicht freiwillig das Feld räumst, wird man dich mit einem Tritt in den Hintern davonjagen.«

»Ich möchte den sehen, der es wagt, mich hinauszuwerfen.«

»Ja, das wirst du früh genug erleben.«

»Warten wir es ab.«

Adeleh versetzte Saleh noch einen letzten Stich:

»Neun Kilo schwere Zuckermelonen übersteigen anscheinend deine Kraft. Sie sind dir nicht bekömmlich, sie werden dich umhauen.«

»Sie hauen nur jenen um, der keine Ahnung hat, woher sie stammen, nicht mich, der sie wie sein eigenes Kind pflegt und großzieht. Wir werden noch sehen, wer umfällt. Wenn ich mir den Acker wegnehmen lasse, bin ich nicht mal so viel wert wie du.«

Adeleh brauste auf, suchte mit der Fußspitze ihre Hausschuhe und sagte: »Ich werde dich mit Sack und Pack wie eine tote Maus am Schwanz packen und hinauswerfen, du dummer Bauer.«

Saleh öffnete einen Flügel der Haustür, betrat die Gasse, schlug mit der Faust gegen die Tür und sagte drohend: »Diese Faust wird der zu spüren bekommen, der es versuchen sollte, mich von meinem Boden zu vertreiben.«

Adeleh rannte zur Tür, aber Saleh hatte sich schon laut schimpfend entfernt. Sie schlug die Tür zu, ging in den Hinterhof zurück und kühlte am Wasserbecken ihr Gesicht. Sie griff nach der Packung Homa-Zigaretten, die sie sich zwischen die Brüste gesteckt hatte, setzte sich auf die Treppe, zündete eine Zigarette an und starrte auf die Pflastersteine vor ihren Füßen. Sie fühlte sich wie aufgespießt.

Die Worte, die sie vernommen hatte, loderten in ihrem Körper. »Dieser dummdreiste Bauernjunge, dieser Eseltreiber wagt es, sich mir zu widersetzen. Du wirst dein blaues Wunder erleben. Anscheinend hast du keine Ahnung, mit wem du es zu tun hast. Warte nur ab, wir treffen uns wieder.«

Um die Herrin nicht aufzuschrecken, schlich sich

Safieh wie eine alte Ziege heran und stellte ihr ein Tablett mit einem Glas Wasser hin. Adeleh stand auf.

»Wohin, liebe Frau, wo gehen Sie hin?«, fragte Safieh.

»Ach, nicht weit.«

»Sie kommen aber zum Mittagessen zurück?«

»Ja, ich komme zurück.«

»Gott schütze Sie.«

Um die Mittagszeit klopfte es an der Tür. Safieh eilte in die Vorhalle, öffnete die Tür einen Spaltbreit – und der Gruß blieb ihr in der Kehle stecken. Gholam Fasanghari mit seinen runden Augen und dem blonden Schnurrbart stand da und lächelte sie über Adelehs Schultern hinweg an. Adeleh betrat die Vorhalle, und Gholam folgte ihr, während Safieh hinter ihnen die Tür schloss. Adeleh ging in den von Blumenbeeten gesäumten Hinterhof, zog unter den Zweigen des Granatapfelbaums den Kopf ein, und als sie die Treppe erreichte, wandte sie sich an Safieh: »Sag Jahja, dem Gärtner, wenn er demnächst kommt, soll er diesen verdammten Zweig abschneiden.«

Gholam blieb vor dem Granatapfelbaum stehen. Der Zweig schaukelte vor seiner Brust. Er sagte: »Meinen Sie diesen Zweig?«

»Ja, jeden Tag verfangen sich meine Haare darin. Er hat mir bisher bestimmt mehr als tausend Haare ausgerupft.«

Gholam fasste in die Tasche, die Klinge seines Messers glänzte im Sonnenschein. Der abgeschnittene

Zweig fiel in ein Wasserbecken, und Gholam steckte das Messer wieder in die Tasche.

Safieh lächelte höhnisch und sagte: »Wozu brauchen wir noch einen Gärtner?«

Adeleh lachte das Herz. Sie wandte ihr Gesicht von Gholam ab. Es war ihr, als habe sie vor Glück Flügel bekommen. Erfüllt von Freude, ließ sie ihren Schleier vom Kopf auf die Schultern herabgleiten, machte eine aufreizende Bewegung und lief die Stufen hinauf. Mitten auf der Treppe blieb sie stehen, zog wie ein Mädchen im Rausch einen Schuh aus, warf ihn auf die Terrasse und rief: »Dieser opiumsüchtige Hundesohn befolgt nie, was ich ihm auftrage. Ich werde wohl die Hoffnung, dass er mir mal ein paar untadelige Schuhe näht, mit ins Grab nehmen müssen … Komm herauf.«

Während Gholam Adeleh nachfolgte, verschlang er mit seinen Augen die aufreizenden Bewegungen Adelehs. Bis zum heutigen Tag hatte sich Adeleh ihm gegenüber noch nie so hingebungsbereit gezeigt. Jedes Mal, wenn er wegen des Grundstücks zu ihr kam, führte sie ihn in das kleine Zimmer unter der Treppe, hörte ihn an und gab ihm, wenn überhaupt, nur spärlich Antwort. Aber jetzt lieferte sie ihm durch ihr Verhalten allen Anlass, selbstbewusst und auf sich stolz zu sein.

Er ging zur Terrasse, blickte auf den Hof zurück, ging dann durch den Flur und betrat das Zimmer. Es war ein geräumiges Zimmer mit hellen, großen Fenstern, die auf den Hinterhof gingen. Vor den Fenstern hingen gelbe Samtgardinen. Ein alter handgeknüpfter Teppich aus Kerman lag auf dem Fußboden. Zwei schmale, fein geknüpfte Teppiche hingen schräg, aber symmetrisch angeordnet an der Wand. Zwischen diesen

Teppichen hing eine Wandvase, aus der zarte Zweige wie ein Büschel Haar herausragten. Über dem Kamin, in der Wandnische und auf den Regalen standen allerlei Ziergegenstände: Spiegel, vergoldete Kerzenhalter, silberne handbemalte Vasen, kleine Teekannen, Aschenbecher, die wie kleine Spatzen aussahen, und noch vieles mehr. Auch Kunstdrucke zweier Ölgemälde hingen an der Wand. Das eine Bild zeigte einen Bazar, das zweite den Vorplatz einer Moschee sowie eine Gasse, auf der ein alter Mann einen mit Wassermelonen beladenen Esel antrieb. Ein eingerahmtes Foto in der Nische zeigte Adelehs verstorbenen Mann, Ataollah, mit grimmigem Gesicht, hochgezogenen Augenbrauen, niedriger faltiger Stirn, spitzen Backenknochen und kleinen stechenden Augen. Man hatte den Eindruck, er sei mit der Durchsicht von Rechnungen beschäftigt.

Die Matratze auf dem Boden, mit Kaschmirtuch bezogen, war einladender und gemütlicher als Tisch und Stühle. Gholam setzte sich darauf, lehnte den Rücken an ein Kissen, so unbeschwert, dass es Adeleh eine helle Freude war. Ein zufriedenes Lächeln huschte über ihre Lippen. Sie drehte sich beschwingt auf den Fersen um und verschwand durch den Balkon. Gholam warf seine Mütze auf das Bett, krempelte die Hosenbeine hoch und ließ sich noch tiefer in das Kissen sinken.

Als Adeleh zurückkam, hatte sie ein dünnes, weites, blaues Kleid angezogen und ihre Wangen frisch gepudert. Ihren Schleier hatte sie abgelegt, die schwarz-krausen Haare gekämmt und ihnen neuen Glanz verliehen. Wenn sie ihre Hand bewegte, sprangen ihre goldenen Armreife klirrend über ihren glatten, weißen Unterarm. Ihre schwellenden Brüste, die unter ihrem Kleid durchschimmerten, zogen unwillkürlich Gholams Blick auf sich. Mit graziösen Bewegungen ging sie auf ihn zu, setzte sich in seine Nähe. Sie lächelte schüchtern. Beide schwiegen. Gholam senkte den Kopf, und Adeleh fasste an ihre Ferse und begann sie ohne Grund zu massieren. Das knisternde Schweigen drohte zwischen ihnen eine Mauer zu errichten. Endlich hielt es Gholam für angebracht, etwas zu sagen, um die Stimmung nicht zu verderben.

»Es ist vortrefflich, Sie haben dicke und fleischige Beine.«

»Vortrefflich missraten.«

»Ich bitte Sie. Das habe ich nicht gemeint. Im Gegenteil. Für eine Frau ist molliges Fleisch ein Segen. Eine Frau ohne Fleisch und Fülle ist keinen Heller wert.«

Gholam spann seine Rede weiter, schwärmte von vollem Gesicht, schwarzen Augen, runden Muskeln, von der Fülle und Dichte der Haare. Adeleh schmeichelten diese Worte, sie ließ sich aber nichts anmerken. Listig sagte sie: »Auch der Schuster muss Geschmack haben.«

»Selbstverständlich. Wenn der Schuster keinen Geschmack hat … Ich will sagen, jeder Handwerker muss in seinen Fingerspitzen Gefühl haben, sonst …«

»Händler hingegen, oder einige von ihnen, haben so etwas nicht.«

»Da haben Sie völlig Recht … Bitte entschuldigen Sie mich für einen Augenblick.« Gholam stand auf, bewegte leicht die Schultern.

Adeleh lachte: »Es ist auf der andern Seite, in der Ecke des Hinterhofs. Ich rufe gleich die Alte, sie soll es dir zeigen … Mütterchen!«

»Ach, ich weiß, wo es ist, jetzt erinnere ich mich wieder, verzeihen Sie, ich gehe schon.«

Gerade als er das Zimmer verlassen wollte, erschien Safieh mit Teegläsern auf einem Tablett.

Adeleh sagte: »Warum hast du keine Zuckermelone gebracht?«

»Sofort, liebe Frau, auf Befehl. Ich habe sie angeschnitten, werde sie gleich bringen.«

Sie stellte das Tablett vor Adeleh auf den Boden und fragte: »Möchten Sie außer Zuckermelone noch etwas anderes?«

»Granatäpfel, wenn welche da sind. Was hast du zum Mittagessen zubereitet?«

»Rouladen, Kohlrouladen.«

»Reicht das?«

»Es ist mehr als genug, liebe Frau. Wir haben auch noch Reis. Sie wissen ja, dass ich selbst kaum etwas esse. Ich habe schon heute Morgen geahnt, dass wir Besuch bekommen … Deshalb habe ich mehr gekocht als üblich. Und gleich gehe ich noch Brot kaufen. Ich war schon auf dem Weg dahin, als Sie zurückgekommen sind.«

»Schon gut. Mach, was du willst, aber schnell. Bring zuerst die Zuckermelone.«

»Zu Befehl«, sagte Safieh und verließ das Zimmer. Auf der Treppe sah sie Gholam heraufkommen und seinen Gürtel festschnallen. Die faltigen Lippen Safiehs öffneten sich lachend. Gholam fragte sie nur zum Spaß noch einmal nach ihrem Befinden. Eine schelmische Freude glänzte in Safiehs Augen. »Herzlichen Dank, es geht mir nicht schlecht. Wenn es Euch gut geht und Ihr lustig und vergnügt seid, dann geht es auch mir gut.«

»Bleib immer gesund, für uns bist du wie eine Mutter.«

Safieh verzog sich in die Küche, und Gholam trat vor das Zimmer, in dem Adeleh wartete.

»Gott sei gelobt«, sagte er, um sich bemerkbar zu machen.

»Komm herein«, tönte es von drinnen.

Mit wiegenden Schultern betrat Gholam das Zimmer und setzte sich auf seinen Platz. Adeleh schob ihm das Tablett mit dem Tee zu. Gholam nahm das Teeglas und begann damit zu spielen, als gäbe es nichts Wichtiges mehr zu sagen.

Adeleh hatte ihm bereits auf dem Weg nach Hause ihr Leid geklagt, und Gholam hatte damit geprotzt, Saleh die Dreistigkeit heimzuzahlen. Es stand auch bereits fest, dass im neuen Jahr Gholam den Acker übernehmen würde. Jetzt hatten beide keine Lust mehr, über dieses Thema weiter zu reden.

Safieh stand draußen vor der Tür und rief: »Liebe Frau, ich bringe die Zuckermelone.«

»Komm«, sagte Adeleh, »warum versteckst du dich?«

Safieh brachte die Melone auf einem Tablett herein, breitete auf dem Boden ein Tuch aus, stellte alles an den richtigen Platz und fragte beim Hinausgehen: »Möchten Sie noch etwas haben, liebe Frau?«

»Bleib unten. Wenn ich etwas brauche, werde ich dich rufen.«

Safieh kratzte sich am Kopf und sagte: »Ich dachte, wenn Sie mich nicht brauchen, könnte ich auf einen Sprung ins Stadtbad gehen. Ich habe schon so lange meine Haare nicht …«

»Gut, geh schon.«

Als man die Haustür hörte, warf Adeleh Gholam einen Blick zu und sagte: »Sie ist eine kluge Frau.«

»Eine reife, erfahrene Frau«, erwiderte Gholam.

Adelehs Körper streckte sich wie Bonbonteig. Sie erhob sich, ging auf den Kamin zu und betrachtete sich im Spiegel. Ihre Augen und Ohren flammten. Unbemerkt von Gholam drehte sie das Foto Ataollahs um, schloss die Tür, legte sich in den schwachen Schein der Sonne, der durch das Fenster auf den Teppich fiel, reckte und räkelte sich mit weit offenen Armen. Ihr Kopf neigte sich zur Seite, die Locken ihres schwarzen Haars fielen auf ihr Gesicht. Ihre Brüste quollen hervor, wellenförmige Bewegungen durchliefen ihren Körper, und ihre Blicke hefteten sich wie Magnetsteine an Gholams Augen.

Gholam spürte ein Kribbeln in seinem Rücken. Ein Zucken peitschte durch seinen Körper und erlahmte ihn. Er gähnte, schlug sich mit der Faust gegen die Brust, zog seine Jacke aus und warf sie zur Seite. Der unwiderstehliche Sog seiner Begierde zog ihn zu Adeleh hin. In der schwachen Sonne unter dem Fenster umfingen sie sich wie zwei alte Schlangen.

Saleh schloss die Tür und betrat den Vorhof. Er grüßte, ging um die Grube herum und legte seinen Rucksack ab. Schokat brachte den Rucksack ins Zimmer. Er wusch sich die Hände und setzte sich neben Muschehs Sattel, der an die Wand gelehnt war. Er rückte seine Mütze hoch, steckte die Finger in die langen Locken und kratzte seinen Scheitel. Schokat brachte ihm ein Glas Tee, stellte es auf die Türstufe, setzte sich daneben und musterte das Profil ihres Mannes, als wollte sie aus seinem Antlitz erforschen, was in ihm vorging. Saleh nahm das Teeglas, blies in den heißen Tee und schlürfte ihn langsam aus. Dann nahm er aus der Tasche eine Packung Zigaretten, die er in der Stadt gekauft hatte, zündete sich eine Zigarette an und begann zu rauchen. Er machte den Eindruck, als hätte er zehn Stunden Schwerarbeit hinter sich.

Baba Sobhan, der neben dem Hühnerstall gesessen hatte, setzte sich zu ihnen und stützte seinen Ellbogen auf den Treppenabsatz. Er sagte kein Wort, zündete seine Pfeife an und wartete ab, bis Saleh selbst zu reden begann. Schon seit den frühen Morgenstunden hatte er schweigend neben dem Hühnerstall gesessen und gegrübelt.

Mossajeb kam mit Muscheh, dem Esel, vom Weiher zurück. »Gott schütze dich«, sagte er zu Saleh und trieb Muscheh in den Stall. Er säuberte die Krippe von den alten Strohresten, füllte sie mit neuem Stroh und einer Schüssel Gerste. Dann schloss er die Stalltür, setzte sich, mit dem Rücken zum Flur, an den Rand der Grube und richtete seine großen Augen auf Schokat. Sie begriff, was er wollte, stand auf, brachte ihm, Saleh und Baba Sobhan frischen Tee und ging auf den Flur, um die Haustür zu verriegeln. Baba Sobhan musterte seine Söhne, als sähe er sie zum ersten Mal.

Mossajeb spielte mit den gerissenen Stücken seiner Kette. So wie er dasaß, mit den breiten Schultern, den großen Augen und buschigen Augenbrauen und den dicken, kurzen Fingern, sah er aus wie Baba Sobhan vor dreißig, fünfunddreißig Jahren.

Saleh trank sein zweites Glas Tee. Er war ein Ebenbild seiner Mutter, schlank, mit breiten Schultern, weichen, langen, schwarzen Haaren, großen türkischen Augen, mit knochiger Nase, markantem Kinn, eingefallenen Wangen und glatter Stirn. Der Rest der Zigarette qualmte zwischen seinen langen Fingern. Noch immer saß er, den Rücken an Muschehs Sattel gelehnt, schweigend da. Das Schweigen wurde zunehmend drückender und lastete am schwersten auf Baba Sobhan. Äußerlich sah er ruhig aus, aber sein Inneres war von Sorgen aufgewühlt, Sorgen, die wie Ameisen an seinem Herz nagten. Er klopfte die Asche aus seiner Pfeife, steckte sie in den Beutel und wartete gespannt darauf, dass sich Salehs Zunge endlich lösen würde.

Die Sonne streifte den Rand des Daches, die Hühner liefen von der Mauer, der Terrasse und dem Flur in ihren Stall. Das Wasser im Samowar hatte aufgehört zu kochen, das Zischen war verstummt. Schokat stand auf, ging in die Küche, um nach dem Essen zu sehen. Und Baba Sobhan, dessen Geduld zu Ende war, stützte sich von einem Bein aufs andere und sagte: »Erzähl doch, was bei deinem Besuch herausgekommen ist.«

Saleh blieb ruhig, er wusste nicht, was er sagen sollte.

Schokat kam aus der Küche zurück, setzte sich neben dem Mörser in eine Ecke. Saleh wandte sich an sie und sagte: »Im Rucksack ist eine Kette. Bring sie, und gib sie Mossajeb.«

Mossajeb sprang selbst mit einem Satz ins Zimmer, nahm die Kette aus dem Rucksack und ging wieder in den Hof zurück, um die Kette besser betrachten zu können.

»Gefällt sie dir?«, fragte Saleh.

Mossajeb lachte vor Freude. Er band die Kette um sein Handgelenk und sagte: »Sie ist wunderbar, sie ist einzigartig. Niemand besitzt so eine Kette.«

Er hüpfte herum und rannte zum Stall.

Saleh wandte sich lachend an seine Frau: »Man will dich enteignen.«

»Ja, ich habe es bereits erfahren«, sagte Schokat mit einem bitteren Lächeln.

»Und was willst du dagegen unternehmen?«

»Ich? Was vermag ich schon zu tun? Soll ich mich umbringen? Wer bin ich denn, dass mich das kümmern sollte?«

»Es ist doch dein Besitz.«

»Du brauchst mich nicht zu veräppeln. Als ich das Haus meiner Mutter verließ, habe ich nichts besessen.«

Sie ging ins Zimmer, und während sie einen Augenblick später die Lampe anmachte, sagte sie scherzend: »Wenn der Boden mir gehört, kannst du ruhig andere darauf arbeiten lassen.«

Saleh lachte: »Bring aus dem Rucksack den Pfeifenbeutel, und gib ihn meinem Vater. Ich will sehen, ob er ihm gefällt. Du selbst kannst dir die Schuhe anziehen, damit ich sehe, wie gut meine Augen deine Füße kennen. Wenn ich der Käufer bin, müssten sie passen.«

Schokat hantierte im Zimmer mit den violetten Schuhen.

Saleh fragte: »Sind sie zu groß oder zu klein?«

»Warte doch, bis ich sie angezogen habe.«

»Ich habe mit dem Verkäufer vereinbart, dass ich sie, sollten sie nicht passen, umtauschen kann. Sei also unbesorgt.«

»Nein, es geht schon. Die weiten sich nach ein paar

Tagen. Dafür brauchst du nicht zehn Tuman mehr auszugeben.«

»Sei nicht so geizig. Immer denkt sie ans Geld. Bring jetzt endlich Vaters Pfeifenbeutel.«

Baba Sobhan nahm aus der Hand seiner Schwiegertochter den glänzenden, mit rotem Leder bestickten Beutel, musterte ihn und sagte zu Saleh: »Was hast du gesagt?«

»Wem soll ich was gesagt haben?«

»Dem Weib.«

»Ach so, nichts, das heißt, zunächst nichts. Doch dann sah ich, dass sie auf ihrer Forderung beharrte und sich nicht überreden ließ. Daraufhin hab ich gesagt, dass ich das Feld nicht räumen werde. Schließlich kam es zu einem Wortwechsel, der fast in einen Streit mündete. Das heißt, die Auseinandersetzung spitzte sich so weit zu, dass ich das Haus verließ.«

»Kam es auch zu gegenseitigen Beschimpfungen?«

Saleh lächelte. »Ja, wir waren nahe dran.«

Der alte Mann wandte sich von ihm ab und sagte: »Das hättest du nicht tun dürfen. Du hättest sie mit freundlichen Worten überreden müssen.«

»Lass es gut sein. Was geschehen ist, lässt sich nicht mehr rückgängig machen. Im Augenblick bin ich so hungrig, als würden sich meine Gedärme selbst zernagen. Komm, bring das Essen.«

Sie gingen ins Zimmer, setzten sich um die Essdecke. Saleh nahm sich, bevor die anderen angefangen hatten, ein Stück Brot.

Baba Sobhan rief: »Mossajeb, komm zum Essen.«

Aber Mossajeb gab keine Antwort. Saleh stand auf, ging zur Tür. Mossajeb stand neben dem Brunnen. Die

Beine übereinander gekreuzt, schwang er die Kette um den Kopf und schlug sie gegen die Wand. Immer wieder.

Saleh streckte seinen Kopf aus der Tür und rief: »Es reicht. Du hast nun alle von deiner Kraft überzeugt. Komm endlich und iss.«

Saleh kehrte zu seinem Platz zurück. Mossajeb folgte ihm. Stirn und Nacken waren schweißnass, aus der Nase lief glänzender Rotz über seinen schwarzen Schnurrbart.

Saleh sagte: »Merkst du nicht, dass es schon dunkel ist. Die Kette könnte von der Wand abprallen und dich verletzen. Was glaubst du, wie leicht man erblinden kann.«

Mossajeb verzichtete auf eine Erwiderung, wischte seine Nase mit dem Hemdsärmel ab und streckte seine schwarzen Finger aus, wie zwei Spinnen auf der Suche nach einer Beute. »Man will uns den Acker wegnehmen, nicht wahr?«

»Iss lieber«, sagte Saleh.

»Wer ist es, der uns den Acker wegnehmen will?«, fragte Mossajeb, auf einer Antwort beharrend.

Saleh warf einen zornigen Blick auf ihn.

Mossajeb senkte unwillkürlich den Kopf, verschlang den ersten Bissen und wandte sich wieder an Saleh: »Glaubst du, ich bin so blöde, dass ich eure Gespräche nicht begreife? Ich will in diesem Jahr auf dem unteren Teil unseres Grundstücks Zuckermelonen anbauen. Einverstanden? Ich werde den Stiel meines Spatens niemandem überlassen, damit er ihn zwischen die Schenkel seiner Frau stecken kann.«

Saleh warf Mossajeb erneut einen zornigen Blick zu. Mossajeb senkte wieder den Kopf.

Baba Sobhan versuchte zu vermitteln, leckte an seinen Fingern und sagte: »Uns gehört nicht das ganze Grundstück, mein Kind.«

»Wem dann?«

»Wir sind nur Teilhaber. Du bist doch kein Kind mehr. Außerdem muss der Boden künstlich bewässert werden.«

»Na und? Ich meine unsere Arbeit. Sollte einer versuchen, an unserer Stelle die Pacht zu übernehmen, werde ich ihm mein Bein geben, damit er es zwischen …«

Saleh schrie ihn an: »Bist du taub? Hab ich dir nicht gesagt, dass du essen und mit diesen unsinnigen Reden aufhören sollst?«

Mossajeb erlosch innerlich, wie eine Petroleumlampe, die man auspustet. Er senkte den Kopf und aß weiter. Auch die anderen brachten keinen Ton mehr heraus. Baba Sobhan hockte halb kniend an der Wand, stützte sich auf den linken Arm, nahm immer wieder einen Bissen, kaute eine Minute lang und schluckte ihn herunter. Saleh formte das Fladenbrot zu Kugeln, steckte es in den Mund, sodass sich seine Backen rund aufblähten. Dabei ließ er seine großen schwarzen Augen rollen. Schokat leckte unaufhörlich an den Fingern und säuberte die Knochen. Mossajeb schließlich regte seine stumme Wut an der Schüssel ab, indem er sie unentwegt in den Händen drehte.

Man hörte das Rasseln der Kette an der Tür.

Baba Sobhan sagte zu Mossajeb: »Schau nach, wer draußen ist.«

»Ich sehe selbst nach«, sagte Schokat, die sich bereits erhoben hatte.

Saleh, der noch mit Essen beschäftigt war, fragte: »Wer könnte es sein?«

»Ich weiß es nicht«, antwortete Baba Sobhan.

»Wali Gheitun hat seinen Esel verloren«, warf Mossajeb ein.

Gholam Fasanghari stand im Hinterhof. Er räusperte sich und sagte: »Grüß Gott.«

»Sei willkommen«, sagte Baba Sobhan. »Komm herein.«

Salehs Gesicht wechselte die Farbe.

Gholam zog die Schultern ein und betrat das Zimmer: »Ihr seid beim Essen? Ich komme wohl zu ungelegener Stunde. Seid gegrüßt.«

Baba Sobhan zog sich von der Tafel zurück, schluckte den zerkauten Bissen herunter und sagte: »Keine Umstände, Gholam. Komm, setz dich hier oben hin. Du bist doch kein Fremder, Neffe.«

Gholam ließ sich an der Türschwelle nieder. »Danke, hier ist es mir recht.«

Ohne sich vom Essen abzuwenden, sagte Saleh: »Da sitzt du nicht bequem.«

»Ich muss gleich wieder gehen, mein Motorrad steht mitten auf der Gasse.«

»Du hättest es hereinbringen können. Dies ist doch kein fremdes Haus für dich«, sagte Baba Sobhan.

»Ich muss aber gleich wieder fort. Wie geht es euch?«

»Ach, Gott sei's gedankt, es geht uns nicht schlecht«, antwortete Baba Sobhan. »Wir können noch atmen und danken dafür dem Schöpfer. Wie geht es dir, lieber Neffe?«

»Uns geht es genauso. Auch wir leben weiter und loben den Tag.«

Einen Moment lang trat ein allgemeines Schweigen ein. Dann setzte Baba Sobhan an, als fiele es ihm erst jetzt ein: »Komm, iss mit uns. Ich denke, in der Schüssel ist noch etwas übrig geblieben. Ei, Mädchen, bring Gholam einen Teller.«

»Danke, Baba Sobhan, ich mag noch nichts essen. Gott vermehre eure Nahrung.«

»Es ist ehrlich gemeint«, sagte Baba Sobhan. »Du sollst dich hier wie zu Hause fühlen.«

»Das tu ich auch. Lasst euch nicht stören, esst weiter.«

Baba Sobhan begann wieder zu essen und fragte: »Nun, Neffe, was gibt es zu berichten? Was geschieht in der Stadt und Umgebung? Du bist ja ständig unterwegs.«

»Ach ... es gibt nur gute Nachrichten«, sagte Gholam lächelnd.

»Komm, setz dich hier oben hin. Du bist doch nicht unser Gläubiger.«

Baba Sobhan wollte Gholam freundlich behandeln und mit ihm plaudern, doch Gholam rettete sich durch kurze Antworten aus der Schlinge. Er war wie immer ungeduldig. Er wollte die paar Sätze, die er aus der Stadt mitgebracht hatte, bei Saleh loswerden und sich wieder davonschleichen. Nach dem denkwürdigen Hochzeitsabend war dies das erste Mal, dass Gholam mit Saleh und Baba Sobhan ins Gespräch kam. Saleh überlegte, während er in seinen Zähnen stocherte, warum Gholam zu dieser späten Stunde zu ihnen gekommen war. Dasselbe dachte auch Baba Sobhan. Beide wussten, dass es um den Acker ging, doch keiner von beiden wusste genau, was Gholam ihnen mitzuteilen hatte.

Schokat war gar nicht ins Zimmer gekommen. Als Gholam den Flur betrat, hatte sie am ganzen Körper gezittert. Sie hätte kein einziges Wort herausbringen können; so war sie nur zur Seite getreten, um Gholam hereinzulassen. Nun hatte sie sich im Nebenzimmer verschanzt, presste ihr Ohr an die Tür und versuchte, während ihr Herz wie das einer scheuen Taube pochte, aufzuschnappen, was die eigenen Männer und Gholam sagten. Niemals konnte sie ihren Hochzeitsabend und den Spektakel vergessen, den Gholam veranstaltet hatte, Gholams trunkenes Gegröle und Geschrei und Mossajebs Schlagstock, der dem Getümmel ein Ende setzte. Seit jenem Abend zuckte es Schokat jedes Mal im Kreuz, wenn sie Gholams Namen hörte.

Mossajeb leckte an dem Knochen, den er schon minutenlang zwischen den Zähnen hielt, legte ihn auf die Essdecke und sagte: »Du Sohn der Bettlerin Sedigheh, willst du uns das Grundstück wegnehmen?«

Gholam verhielt sich so, als habe er Mossajeb erst jetzt wahrgenommen, und lachte: »Ach, du alter Kumpel, wie geht es dir?«

Mossajeb nahm die Schüssel, trank schlürfend den Rest der Fleischbrühe und sagte: »Ich möchte in diesem Jahr Zuckermelonen anbauen und werde jedem, der dies verhindern will, mein Bein geben, damit er es zwischen ...«

Saleh fuhr ihn an: »Friss weiter, du Maulesel.«

Mossajeb warf Saleh einen zornigen Blick zu und führte die Schüssel wieder an seinen Mund.

Saleh wandte sich an Gholam: »Nun, vermutlich bist du hierher gekommen, um ... Sag endlich, was der Grund deines Besuches ist.«

Gholam lachte kurz: »Ehrlich gesagt, ich bin gekommen, um euch zu bitten, in den nächsten Tagen eure Geräte und euer Gerümpel vom Feld zu räumen, damit nichts verloren geht. Es wäre schade darum.«

»Warum diese Eile? Wir haben da noch zu tun.«

»Ich möchte mit dem Anbau von Getreide beginnen. Daher will ich schon in den nächsten Tagen ein paar Leute aufs Feld schicken, damit sie erst einmal den Boden vorbereiten.«

»Der Boden ist bereit. Wir haben ja bisher dort nicht gepennt.«

»Gewiss. Aber solange man es nicht selbst erledigt hat, ist man nicht sicher.«

»Du hast Recht. Doch unser Pachtjahr ist noch nicht abgelaufen.«

»Für die paar Tage lohnt es sich doch nicht, zu verhandeln. Du kannst dort ohnehin nichts mehr ernten. Ich dachte, ich teile dir das rechtzeitig mit.«

»Ernten werden wir schon noch. Hast du schon alles erledigt, ich meine, auch notariell?«

»Ja, es ist alles unter Dach und Fach.«

»Dann, meinen Glückwunsch.«

»Vielen Dank.«

Während des ganzen Gesprächs gönnten sich Gholam und Saleh keinen einzigen Blick.

Baba Sobhan wandte sich an Gholam und sagte: »Sei ein Ehrenmann und verzichte. Sonst wird der Boden weder dir noch uns Segen bringen. Wir haben uns an diesen Boden gewöhnt. Fünfzehn, sechzehn Jahre lang habe ich als Bauer diesen Acker bebaut, und seit fünf, sechs Jahren arbeiten deine eigenen Freunde, Saleh und Mossajeb, darauf. Du, lieber Neffe, bist ein tüchtiger

Kerl und kannst leicht dein Brot verdienen. Gott wird dir deinen Lebensunterhalt an einem anderen Platz schenken. Doch wir sind mit diesem Boden verschmolzen, wie Vater und Sohn. Und wenn es zwischen dir und meinen Söhnen früher einmal Unstimmigkeiten gegeben hat, wollen wir den Gram hier und jetzt begraben. Ihr könnt euch umarmen und küssen, und dann gehst du deinen und wir unseren Weg. Lass uns unsere Arbeit fortsetzen … Ich bitte dich darum, schon in Anbetracht der Freundschaft zwischen mir und deinem seligen Vater.«

Baba Sobhan flehte Gholam ohne Umschweife an. Saleh schämte sich und errötete bis über die Ohren. Gholams Mund stand offen, ein gequältes Lächeln klebte wie ein Wurm auf seinen Lippen. Baba Sobhan wollte fortfahren, doch Saleh biss sich auf die Unterlippe und warf seinem Vater einen wütenden Blick zu, sodass er zu reden aufhörte und den Kopf senkte.

Auch Gholams Lächeln erstarb. »Es hilft nichts, Baba Sobhan«, sagte er. »Wenn einer Pächter werden will, muss er auch dazu bereit sein, selbst auf dem Feld zu arbeiten. Denn das ist seine einzige Verdienstquelle. Sicher, ich war bis jetzt jemand, der wenig Ausdauer hatte und keine Bleibe finden konnte. Aber ich habe mich dazu entschlossen, die Vergangenheit vergangen sein zu lassen. Ich muss endlich an meine Zukunft denken. Vielleicht kann ich dann auch heiraten und mir ein Leben aufbauen.«

Baba Sobhan antwortete spontan: »Bei Gott, ich wünsche dir, dass du heiratest und dir ein Zuhause gründest. Du bist doch wie mein Sohn. Gott weiß, dass ich bisher zwischen dir und meinen Söhnen keinen

Unterschied gemacht habe. Ich wäre bereit, dir barfüßig zur Hilfe zu eilen. Du kannst immer auf mich zählen und wann immer du mich brauchst zu mir kommen. Ich selbst werde mit Achtung und Würde für dich um eine Braut werben, werde deine Hochzeit in meinem Haus ausrichten und dazu Musikanten einladen. Zwischen dir und Saleh gibt es keinen Unterschied für mich.«

»Gott möge mir deine schützende Hand nie verweigern«, erwiderte Gholam. »Ich habe doch außer euch niemanden auf der Welt. Selbstverständlich müsstest du, wenn es nötig sein sollte, für mich die Ärmel hochkrempeln.«

»Keine Ursache. Warum sollte ich mich weigern, wenn ich dir helfen könnte. Ich schwöre bei Mossajebs Leben, bei der Seele seiner Mutter, wenn ich selbst eine Tochter hätte, würde ich dich bitten, sie zur Frau zu nehmen. Gäbe es jemanden, der besser wäre als du? Schade, dass Gott mir meine Tochter weggenommen hat.«

Gholam verzichtete auf eine Erwiderung. Baba Sobhan setzte seine Angebote unaufhörlich fort. Gholam lachte, und dieses Lachen wirkte auf Saleh, den die Geschwätzigkeit seines Vaters innerlich zum Kochen brachte, wie Gift. Mossajeb hatte sich an die Wand gelehnt und starrte auf Saleh. Er wünschte, ein Wort von ihm zu hören. Aber Saleh blieb stumm.

Gholam erhob sich. »Saleh, hast du mich auch richtig verstanden? Diese Leute, die ich auf das Feld schicken werde, haben keine richtige Erziehung genossen. Sie können ihre Hände nicht gebrauchen. Du kennst doch den Sohn von Herrn Gol.«

»Gut, warten wir es ab«, gab Saleh zurück. »Ich werde darüber nachdenken.«

»Iss doch wenigstens was«, sagte Baba Sobhan.

»Gott schütze Sie, Baba Sobhan, und vermehre eure Nahrung.«

»Gott schütze dich auch«, sagte Baba Sobhan und begleitete Gholam zur Tür.

Schokat kam ins Zimmer. Ihr Gesicht war grau, wie die Farbe der Wand. Ihr Atem stockte, ihre Hände zitterten. Sie fürchtete sich, Saleh in die Augen zu sehen, fühlte sich an dem Geschehen mitschuldig. Sie räumte das Essen ab, stellte alles in eine Ecke und ging ins Nebenzimmer. An die Wand gelehnt, umarmte sie ihren Bauch, und damit man sie nicht weinen hörte, biss sie sich auf die Lippen.

Baba Sobhan kam zurück. Er war völlig verzweifelt. Er setzte sich auf die Türschwelle, kreuzte die Arme über den Knien, ließ seinen Kopf hängen und sagte: »Ein Bastard ist er.«

Gholams Mutter war kaum wieder zu erkennen. Ihr breites, großes Gesicht war verfallen, von ihren Zähnen war nur noch ein einziger übrig geblieben. Ihre Augenbrauen waren schneeweiß geworden, die Wimpern ausgefallen, und die dürre Haut hing an ihren Knochen. Wirr lagen ihre grauen Haare auf dem Schädel. Sie sah aus, als habe sie bereits seit tausend Jahren unter der Erde begraben gelegen.

Ihre Hütte klebte am Rand des Dorfgrabens wie Schmutz unter dem Fingernagel. Man munkelte, sie sei früher vom Wasserträger neben der alten Mühle als Hühnerstall benutzt worden. Sie war eng, karg und dem Zerfall nahe. Gholams Mutter hatte alle Löcher und Risse in den Wänden mit alten Unterhosen zugestopft oder mit Blech zugenagelt. Eine schwarze Teekanne stand auf dem Herd. Die Petroleumlampe war auf sieben aufeinander gestapelte Ziegelsteine gestellt, die wie eine kleine Burg aussahen. Der Rauch der Lampe drang durch die Ritzen der halb versengten Tür und hinterließ Rußspuren an der Grabenwand.

Baba Sobhan blieb mit einem Stock und einer Lampe in den Händen vor der Hütte stehen und rief: »Mütterchen Gholam, du bist ja noch wach?«

Das Stöhnen von Gholams Mutter drang aus dem Zimmer: »Wer bist du?«

»Mach die Tür auf. Ich will sehen, wie es dir geht.«

»Bist du es, Baba Sobhan?«

»Gott sei Dank, du bist noch klar im Kopf und erkennst die Stimmen.«

Gholams Mutter legte den Ziegelstein hinter der Tür zur Seite, die Tür drehte sich in der Angel und quietschte trocken. Baba Sobhan zog den Kopf ein, betrat die Hütte, stellte seinen Stock in die Ecke, die Leuchte neben die Petroleumlampe und hockte sich hin. Er war müde, der Mangel an Schlaf quälte ihn. Als in seinem Haus alle schlafen gegangen waren, war er leise aus seinem Bett gekrochen, hatte sich einen Umhang übergeworfen, die Schuhe unter den Arm geklemmt und war in den Keller gegangen. Dort hatte er seinen Stock und die Lampe genommen und war auf Zehenspitzen durch den Hinterhof zur Tür gelangt. Dann hatte er vorsichtig die Kette geöffnet, war durch den Türspalt geglitten und hatte sich zur Hütte von Gholams Mutter begeben.

Gholams Mutter schloss die Tür, stellte den Ziegelstein davor, setzte sich neben die Petroleumlampe, streckte ihre verdorrten, schwarzen Beine aus und starrte Baba Sobhan an.

»Deine Augen sehen noch gut«, sagte Baba Sobhan.

»Es geht.«

»Ich kann am Abend, ja nicht einmal in der Helle des Tages, keine zehn Schritte weit sehen. Wie du siehst, kann ich mich abends nur mit Stock und Lampe fortbewegen.«

Gholams Mutter schwieg. Baba Sobhan zündete seine Pfeife an und reichte sie ihr. Sie nahm die Pfeife, nahm ein paar kräftige Züge und gab Baba Sobhan die Pfeife zurück. Sie fragte: »Kommst du so spät am Abend vom Feld?«

»Nein, nicht einmal tagsüber kann ich auf dem Feld arbeiten, geschweige denn abends. Ich dachte, ich könnte vielleicht Gholam hier treffen.«

»Gholam? Er und meine Hütte? Er hat doch nichts als Schurkereien im Kopf. Was hätte er hier zu suchen? Was für eine Beziehung habe ich zu ihm? Ich habe mich eines Tages auf zwei Steine gehockt, und da ist Gholam herausgefallen. Das war alles.«

»Gut, dass du es selbst sagst. Frei heraus, was du zur Welt gebracht hast, ist kein Mensch. Ein Hundespross ist er. Heute, am frühen Abend, war er bei uns.«

Gholams Mutter sagte kein Wort. Sie klebte wie ein Skorpion am Boden, hörte stumm Baba Sobhan zu. Als Baba Sobhan seinen Bericht über das Grundstück, über Saleh und dessen Hochzeit zu Ende gebracht hatte, erhob er sich und sagte: »Möge Gott ihm den richtigen Weg weisen.« Er klopfte die Asche aus seiner Pfeife und fragte: »Willst du noch rauchen?«

»Nein.«

Baba Sobhan holte seinen Tabaksbeutel hervor, nahm eine Hand voll Tabak, band ihn in einen Zipfel ihres Kopftuchs und verabschiedete sich.

Bevor er die Hütte verlassen hatte, rief ihn Gholams Mutter zurück: »Baba Sobhan!«

»Ja, was ist denn?«

»Könntest du mir ein wenig Zucker und ein paar Gramm Tee von Mossajeb bringen lassen?«

»Ja, gerne.«

Er nahm seine Lampe und den Stock und ging hinaus auf die Gasse. Nach einer Biegung, vorbei an dem Weiher, gelangte er zum Dorfbad. In der Gasse dahinter befand sich das Haus des Dorfvorstehers.

Der Sohn des Dorfvorstehers öffnete ihm die Tür und führte ihn in den Hinterhof. Vor den Stufen zum Zimmer blieb er stehen. Er sah aus wie ein Häufchen Elend.

»Komm herein, Baba Sobhan«, rief der Dorfvorsteher.

Baba Sobhan stützte sich auf seinen Stock und ging die Stufen hinauf. Der Dorfvorsteher richtete sich unter seiner Bettdecke halb auf und drehte den Docht der Petroleumlampe hoch. Er hatte keine Nachtmütze auf. Ein paar lange, mit Henna gefärbte Haarsträhnen lagen auf seiner verwelkten Stirn und den faltigen Ohren. Sein Hals lag tief zwischen den knochigen Schultern. Schlaftrunken schaute er Baba Sobhan an. Der Sohn des Dorfvorstehers kroch in sein Bett. Baba Sobhan setzte sich an der Türschwelle hin, stellte seine Lampe zwischen die Füße, lehnte den Stock an seine Schulter und senkte den Kopf.

»Nun, was ist geschehen, Baba Sobhan, dass du dich zu dieser Stunde auf den Weg gemacht hast?«

»Nichts, Dorfvorsteher. Ich weiß, dass diese Tageszeit sich nicht für einen Besuch eignet. Aber es ließ sich nicht ändern. Hätte ich zu einer normalen Tageszeit kommen wollen, hätte mich Saleh daran gehindert. Weißt du, dieser Kerl, ich meine den Sohn der Bettlerin Sedigheh …«

»Ja, was ist mit ihm?«

»Wie es aussieht, will er uns das winzige Grundstück wegnehmen. Er war heute am frühen Abend bei uns. Wie ich es auch versuchte, er ließ sich nicht umstimmen, als hätte er mir überhaupt nicht zugehört. Nun dachte ich, ich könnte mir bei dir Rat holen. Was meinst du, was wir tun sollten?«

Der Dorfvorsteher zog seinen Mantel über die Schultern, holte sein Zigarettenetui unter dem Kopfkissen hervor, halbierte eine Zigarette, zündete sie an und sagte: »Wenn ich mich nicht irre, steckt das Weib dahinter. Schon am nächsten Tag nach dem Tod des seligen Ataollah dachte ich mir, dass dieses Weib mit ihrem Einzug in unser Dorf viel Unheil stiften wird. Sie ködert die Männer mit ihren weiblichen Gelüsten, das weißt du doch.«

»Glaubst du, dass du bei dem Kerl etwas bewirken könntest? Ich dachte mir, du könntest vielleicht ein paar Worte mit ihm wechseln und ihn von seinem teuflischen Gedanken abbringen. Du weißt doch selbst, dass dieser Mensch keinen Arsch zum Arbeiten hat. Wäre er kein Faulpelz und hätte er einmal den Stiel eines Spatens in die Hand genommen, wäre es heute anders um ihn bestellt. Ich bin ganz sicher, dass der Boden in seinen Händen verkommen wird. Weder er noch wir werden etwas davon haben. Du weißt besser als ich, dass die Arbeit auf diesem Boden nicht jedermanns Sache ist. Man muss viel Geduld und Ausdauer haben, um etwas ernten zu können. Nur das Pferd Rachsch ist imstande, den Helden Rostam zu tragen. Rachsch ist das Pferd des Helden Rostam aus Schahnameh, dem ›Buch der Könige‹ des großen iranischen Epikers Ferdowsi.«

Der Dorfvorsteher gähnte, zog die Bettdecke über die Schultern und fragte: »Ist der Kerl jetzt im Dorf?«

»Woher soll ich das wissen. Er ist wie ein Rabe. Jetzt ist er hier und einen Augenblick später woanders. Er hat am frühen Abend unser Haus verlassen. Bei seiner Mutter war er nicht. Ich komme gerade von dort.«

Der Sohn des Dorfvorstehers streckte seinen Kopf unter der Bettdecke hervor und sagte: »Er geht nie zu seiner Mutter. Das hält er für unter seiner Würde.«

»Der Junge hat Recht«, sagte Baba Sobhan. »Soll ich auf dem Rückweg in der Kneipe nachsehen?«

»Nein«, sagte der Dorfvorsteher, »jetzt ist es zu spät. Er wird sich von nun an öfters im Dorf sehen lassen. Ich werde mit ihm reden.« Er drückte den Zigarettenstummel aus und legte sich hin.

Baba Sobhan erhob sich. »Soll ich also nicht hingehen?«

»Nein.«

Als Baba Sobhan nach Hause kam, stimmte der Hahn schon zu seinem ersten Gesang an. Auf Zehenspitzen ging er an der Grube vorbei ins Zimmer und kroch unter die Bettdecke. Er drehte den Docht der Petroleumlampe herunter, betrachtete durch das runde Loch in der Zimmerdecke den Sternenhimmel und verlor sich in seinen Gedanken. Als am Morgen seine Söhne aufwachten, fielen Baba Sobhan gerade die Augen zu.

»Du bist am Grübeln, Sohn des Baba Sobhan.«

Saleh wandte sein Gesicht der Stimme zu und sagte leise: »Nein, Dorfvorsteher, worüber sollte ich grübeln?«

»Du nagst vergeblich an deinem Hirn. Solche Schwierigkeiten tauchen im Leben eines jeden Mannes auf. Man muss standhaft bleiben. Zum Teufel mit dem Acker. Davon gibt es doch genug. An Äckern fehlt es nicht, sondern an Männern, die daraus was holen können. Für dich gibt es keinen Grund zur Sorge. Du bist, Gott sei Dank, gesund, bist tüchtig, stiehlst dich nicht wie andere vor der Arbeit. Wohin du auch gehst, du bist immer willkommen. Selbst wenn du ein Jahr lang nicht für dich arbeiten könntest, dich als Landarbeiter betätigen müsstest – das wäre doch keine Schande.«

Saleh klaubte eine Schachtel Zigaretten aus der Westentasche, bot dem Vorsteher eine Zigarette an und sagte: »Darum geht es nicht. Habe ich mich bisher auf die faule Haut gelegt? War ich je darauf erpicht, zehn Arbeiter auf meinem Boden zu beschäftigen, um mich und meine Familie vom Ertrag ihrer Arbeit zu ernähren? Für einen Menschen wie mich ist Arbeit gleich Arbeit, ob auf deinem Boden oder auf dem eines anderen. Aber es gibt Dinge, die einem ganz schön wehtun können. Ich hätte nichts dagegen, wenn zum Beispiel dein Sohn den Boden übernehmen würde. Da würde mir der Verzicht nicht schwer fallen. Doch dieses verdammte Weibsstück will mit Absicht solch wurzellose Halunken wie Gholam gegen mich ausspielen. Verstehst du?«

»Lass sie nur, lass sie das Pferd so weit treiben, wie sie kann. Irgendwann wird sie von ihrem hohen Ross fallen, wenn nicht heute, dann morgen.« Der Dorfvorsteher näherte sich Saleh und flüsterte ihm ins Ohr: »Sie kennt ihn nicht und weiß nicht, was für ein Teufelskerl er ist. Später wirst du dich an meine Worte erinnern. Der Gholam wird sie so lange an der Nase herumführen, bis sie bereit ist, ihre eigene Scheiße zu fressen, um ihn wieder loszuwerden.«

»Wie auch immer, sie ist ein gerissenes Luder.«

Der Dorfvorsteher zündete seine Zigarette an und lehnte sich an die Wand.

Saleh sagte: »Ich hatte vor, kurz bei dir vorbeizukommen.«

»Warum hast du es nicht getan? Du weißt, dass du mein Haus wie dein eigenes betrachten kannst. Hab ich dir schon erzählt, dass Baba Sobhan neulich mitten in der Nacht bei mir aufgetaucht ist? Der arme alte Mann. Ich denke, wenn wir alt werden, werden wir zu Rundköpfen. Ich wollte es ihm in jener Nacht nicht sagen, dass er doch bis zum nächsten Morgen hätte warten können. Er wurde ja nicht verfolgt. Und mein Amt als Dorfvorsteher verleiht mir nicht die Macht, den Übeltäter nach Belieben zu bestrafen. Aber ich hab ihm nichts gesagt. Er war sichtlich von Gholams Worten zutiefst getroffen. So sehr, dass er sich kaum auf den Beinen halten konnte.«

»Das hohe Alter hat ihm die Geduld geraubt. Allmählich verhält er sich wie ein Kind.«

»Solange deine selige Mutter lebte, umsorgte sie ihn. Ihr Tod hat ihm das Kreuz gebrochen. Gute Frauen sind für Männer ein Segen.«

»Siehst du keinen Ausweg, Dorfvorsteher?«

»Was für einen Ausweg sollte es denn geben? Nach jener Nacht habe ich Gholam getroffen. Er ist zu keinem Kompromiss bereit, bleibt hartnäckig. Ich nehme an, dass Baba Sobhan dir schon davon berichtet hat.«

»Ja, das hat er.«

»Es hat keinen Sinn. Dieser Bastard, dieser Hundespross beharrt mit aller Kraft auf seinem Standpunkt und lässt sich nicht davon abbringen. Ein Dummkopf ist er. Wenn du glaubst, dass Ataollahs Frau mich nicht zurückweist, fahre ich morgen in die Stadt und rede mit ihr. Vielleicht wäre das die Rettung.«

»Nein, es hat überhaupt keinen Sinn, mit ihr zu reden. Es wäre auch nicht angebracht. Ich dachte, vielleicht gäbe es andere Möglichkeiten.«

»Welche denn, woran denkst du?«

»Könnte man nicht zum Beispiel eine Bittschrift an das Gericht richten und darin ausführen, dass ich schon seit Jahren den Boden bearbeite, dass bereits mein Vater darauf gearbeitet hat, dass ein Teil davon ohnehin meiner Frau gehört und ich jetzt bereit wäre, den anderen Teil zum gängigen Preis zu mieten? Wäre das vielleicht ein Ausweg?«

»Du denkst also an eine Klage ... Ich glaube nicht, dass du damit durchkommen würdest. Weißt du, wo das Problem liegt? Du hast es mit einer Frau zu tun, und was noch schlimmer ist: mit einer Witwe. Mit Frauen, lieber Neffe, besonders wenn es sich um eine Witwe handelt, lässt sich schwer streiten. Sie erwürgt dich mit ihrer Unterwäsche. Verstehst du, was ich meine?« Ein leises Lächeln huschte über die Lippen des Dorfvorstehers. Er fuhr fort: »Dazu bist du aber nicht geeignet. Sonst wäre es vermutlich nicht so weit gekommen. Doch gerade der Gholam, dieser Bastard, ist gierig nach solchen Bissen. Wie ein herrenloser Hund. Und Frauen haben von Natur aus schiefe Knochen, das gilt erst recht für Witwen. Du weißt, dass Frauen weit gieriger sind als Männer … Als ich so alt war wie du, vielleicht ein wenig jünger, da kamen einmal einige Zigeuner und ließen sich am Weiher, unter dieser Platane, nieder. Eines Tages, es dämmerte gerade, ritt ich auf meinem Maulesel zum Weiher, um das Tier Wasser trinken zu lassen. Damals war es um den Weiher ziemlich leer. Das Dorf lag dahinten. Hier auf dieser Seite gab es nur vier Trauerweiden und auf der anderen Seite, da, wo die Leute sind, Gärten und Bäume. Unter den Zigeunern befand sich eine Frau um die vierzig, vielleicht war sie auch schon fünfundvierzig. Ihr Mann war ein Jahr davor in den Bergen von Neischabur in der Kälte ums Leben gekommen. Wie auch immer, mir geht es um das Verhalten von Frauen. Ich stieg vom Maulesel ab. Im selben Moment erhob sich eine Frau, die am Weiher saß. Zufällig trafen sich unsere Blicke. Ich sage dir, Saleh, sie hatte Augen wie zwei schwarze Schlangen. Schon mit dem ersten Blick haute mich die Elende um. Was hatten wir für eine Jahreszeit? Frühling, ja es war Frühling. Wiesen, Bäume und Blumen grünten und blühten. Das Wasser rauschte durch die Felder, die Gärten sahen paradiesisch aus. Nun, ich will dich nicht auf die Folter spannen. Am Abend, als der Mond hinter den Bäumen erschien, saß ich auf dem

Maulesel, und die Zigeunerin hinter mir schlang ihre Arme um meinen Bauch. Wohin ritten wir? Zur Mühle. Mein lieber Sohn, Frauen haben nur eines zu bieten … Was hat diese Frau mit dem Grundbesitz zu tun? Als Grundbesitzer bezeichnet man Menschen, vor denen die Leute schon zittern, wenn sie bloß den Hufschlag ihrer Pferde hören, Menschen, bei denen es keiner wagen würde, sie oberhalb der Brust anzublicken. Eine Frau, die die ganze Nacht unter den Schenkeln eines Fremden gelegen hat und am nächsten Tag dich unter ihre Schenkel ziehen will, kann sich nicht als Herrin aufspielen. Einer solchen Frau bleibt schließlich kein anderer Ausweg, als ihre Gier bei einem Esel wie dem Sohn der Bettlerin Sedigheh zu stillen. Denn sie braucht jemanden, der sie beschützt. Stimmst du mir zu?«

Saleh hatte dem Dorfvorsteher nicht zugehört. Als sei eine Kette von Sätzen in seinem Hals stecken geblieben, fuhr er fort: »Ich dachte, vielleicht könnte das Gericht etwas bewirken.«

»Was kann das Gericht schon tun? Glaubst du, man würde sie zur Strafe von der Mauer stoßen? Sie ist die Besitzerin des Bodens, sie hat die Verfügungsgewalt über das Gut. Einen Pachtvertrag hast du ja auch nicht.«

»Ich bin doch schließlich an dem Boden beteiligt.«

»Du bist nur ein kleiner Fisch, mein Sohn. Warum begreifst du das nicht. Ein kleiner Fisch bist du. Solltest du allzu große Reden schwingen, werden sie ein Stück des Bodens, so groß wie eine Handfläche, von dem Gut abtrennen und es dir hinwerfen, als wär's eine Krume trockenes Brot, das man den Waisenkindern überlässt. Was würdest du damit schon anfangen können?«

Saleh sagte nichts mehr.

Die Sonne hob ihre Flügel aus dem Wasser, kroch zur Mauer und ruhte sich eine Weile dort aus. Dann erlosch sie. Ein Schatten legte sich auf den Weiher und verschlang die grünliche Farbe des Wassers. Eine leichte Brise streifte es sanft, kräuselte seine Oberfläche, wiegte die Wasserlinsen am Ufer und kletterte an der Mauer hoch. Das Wasser glättete sich, kam wieder zur Ruhe. Die Kinder, die um den Weiher herum spielten und rannten, verschwanden in der Dunkelheit der Gasse. Mit ihnen verlor sich auch der Lärm. Der hinkende Gholi kam mit einer Laterne aus seinem Laden heraus, hängte sie an den Türhaken und sagte flüsternd: »Im Namen Gottes.« Der trübe Schein der Laterne zeichnete eine Mondsichel vor die Ladentür. Asgar, der Sohn des Mad Jussef, kroch wie ein Tausendfüßler der Wand entlang, auf Saleh zu, und während er die Rute in seiner Hand betrachtete, sagte er: »Sei gegrüßt.«

Saleh hob den Kopf und erwiderte den Gruß. In einer Schar von Leuten saß er schon seit zwei Stunden – sogar länger als zwei Stunden, eigentlich seit dem späten Nachmittag – auf einem Hocker vor Gholis Laden und grübelte. Es waren jetzt drei Tage, die er so in sich gekehrt und gedankenversunken verbrachte. Das ihm eigene, freundliche Lächeln war von seinen Lippen gewichen. Die schwarzen Augen strahlten nicht mehr jenen Glanz von Freude aus, der den Kummer anderer Leute zu lindern vermochte. Bei Begegnungen begnügte er sich mit einem Gruß oder Gegengruß und zwang sich zu einem Lächeln. Die meisten Leute konnten seine Gefühle verstehen, hatten Mitleid mit ihm.

Mossajeb tauchte aus dem Dunkel auf. Er hatte seine

Kette um das Handgelenk gebunden, der Kragen seines Hemdes war zerrissen, sein Hosenbund hing herunter. Er blieb vor seinem Bruder stehen. »Saleh!«

Saleh schaute ihn an.

»Vater möchte, dass du kommst«, sagte Mossajeb. »Wir wollen zu Abend essen.«

»Gut, ich komme gleich.«

Mossajeb wartete. Endlich machte Saleh Anstalten, sich zu erheben. Er zog seine Stoffschuhe an, stützte die Hand auf den Boden, doch das Geräusch von Gholams Motorrad nagelte ihn fest. Gholam stieg vor Gholis Laden von seinem Motorrad ab, rollte es bis zum Weiher, wo er den Motor abstellte. Dann legte er sich unter die Trauerweide Gholis Laden gegenüber. Er fühlte sich schlaff. Sein Gesicht und seine Ohren schienen zu glühen, und seine Augen glänzten wie die eines Wolfs. Gholi brachte Gholam eine kaputte Kiste, wickelte sich in seiner weiten Jacke ein und hockte sich neben ihn.

»Mad Gholi, bring dreihundert Gramm Datteln«, sagte Gholam.

Gholi stand auf, ging hinkend zu seinem Laden.

»Nur dreihundert Gramm«, spottete Mad Jussef. »Ich dachte, du würdest für dein neues Grundstück jedem dreihundert Gramm Datteln spenden.«

»Nein, Onkel Jussef, die Spende für das Grundstück kommt später.«

»Eine Nachspende ist nicht akzeptabel. Man muss den Teig backen, solange der Ofen heiß ist. Sag Mad Gholi, er soll fünf Kilo Datteln bringen. Los, sag es ihm.«

»Fünf Kilo?«, fragte Ammanollah.

»Mad Jussef mangelt es offenbar nicht an Appetit«, sagte Ghassem.

»Was macht es dem Stier aus, wenn du ihm ein Haar ausrupfst«, warf Karbalai Noruz ein. »Das wird Gholam nicht jucken, er ist reich genug.«

»Klar«, sagte Jawar. »Gholam kann sich jetzt so sicher wie ein Berg fühlen.«

Hassan Balchi spuckte den Eiter seines entzündeten Zahns aus und sagte: »Schwingt ihn nicht allzu hoch. Er steht doch erst am Beginn seiner Laufbahn.«

»Ein gutes Jahr kündigt sich schon im Frühling an.«

»Wer weiß, was morgen kommt«, sagte Hassan Balchi. »Wenn man einen Apfel hochwirft, dreht er sich tausendmal, bis er wieder herunterfällt.«

Mad Jussef sagte: »Redet jetzt nicht so lange um den heißen Brei herum. Sag, er soll die Datteln bringen. Gholi, bring die Datteln.«

»Wenn er sie bestellt, bringe ich sie«, sagte Gholi.

»Es ist noch zu früh«, wandte sich Gholam an Karbalai. »Wenn es noch nicht geschneit hat, steigt man nicht mit der Schneeschaufel aufs Dach. Erst wenn ich den Boden bewässert habe, werde ich euch Süßigkeiten spendieren. Du wirst es schon früh genug erfahren. Von nun an sind wir nämlich Nachbarn.«

»Olala«, sagte der Sohn von Mad Jussef.

»Alles zu seiner Zeit«, erklärte Mad Jussef. »Der Lohn eines jeden Tages wird am gleichen Tag ausgezahlt.«

»Na schön«, sagte Gholam. »Bring die Datteln.«

Der hinkende Gholi füllte die Waage bis zum Rand mit Datteln und brachte sie den Gästen. Karbalai Mad Jussef stand auf, zählte die Anwesenden und stellte im Nu jedem seinen Anteil hin. Und schon begannen alle zu kauen, bis auf Saleh. Er brannte innerlich. Seine Augen waren gerötet, und die Augenränder schienen geschwollen. Unberührt lagen die Datteln vor ihm, seine Hand vermochte nicht, sich nach ihnen auszustrecken. Nach außen verhielt er sich ruhig, doch in seinem Innern brodelte es. Er wünschte, er wäre gegangen, bevor Gholam gekommen war. Ginge er jetzt, würden sich die Leute aufspielen und behaupten, er sei ein Weichling. Dieser Gedanke erfüllte ihn mit Abscheu. Und als er das Lachen erblickte, das sich auf Gholams Gesicht ausbreitete, kam ihm dieses Lachen noch schlimmer vor als die hinterhältigsten Beschimpfungen. Wäre er nicht an seine Familie gebunden, er hätte vielleicht für eine Weile das Dorf verlassen. Seine Lage war ausweglos. Das Bleiben schien ihm unerträglich, aber auch das Fortgehen und die üblen Nachreden der Leute. Er war in eine Sackgasse geraten.

Gholam blickte unentwegt Saleh an und spuckte dabei die Dattelkerne aus. So wie einer es genießt, wenn er seinen Feind im Sumpf versinken sieht, genoss es Gholam, dass Saleh seit Tagen wie ein alter, gebrochener Mann herumlief. Er trank ein Glas Wasser, um die Datteln herunterzuwürgen, zündete eine Zigarette an und sagte anzüglich: »Die Datteln werden dich nicht zum Schuldner machen, Saleh.«

»Ich habe Schluckbeschwerden«, erwiderte Saleh. »Datteln bekommen mir nicht.«

»Eine Dattel kann nicht schaden, selbst wenn sie sich in Gift verwandeln würde.«

Saleh nahm eine Dattel, legte sie sich auf die Zunge. Dann drehte er sich um und spuckte sie aus.

Gholam wusch seine Finger im Weiher, kam wieder zurück, stellte einen Fuß auf die Kiste und fragte: »Hast du übrigens noch Geräte auf dem Feld?«

»Ja, nur noch ein paar Kleinigkeiten.«

»Es wäre gut, wenn du alles wegräumen würdest. Sie könnten mit unseren Sachen durcheinander geraten.«

»Wohin soll ich sie bringen? Geräte, die zum Acker gehören, gehören nicht ins Haus.«

»Gut, wenn du keinen Platz dafür hast, kannst du sie irgendwo in einer Ecke vergraben. Oder wenn du meinst, dass sie Schaden nehmen, kannst du sie beim Dorfvorsteher in den Stall stellen. Du kannst sie auch in unseren Stall stellen, in den Stall von Mirza Ataollah. Es wäre doch schade, wenn sie verloren gingen.«

»So wertvoll sind sie nicht«, sagte Saleh lachend. »Vorläufig möchte ich sie auf dem Acker lassen. Wer weiß, es könnte ja sein, dass deine Verhandlungen scheitern. Dann wär die ganze Mühe umsonst gewesen.«

Gholam versuchte, sich so gelassen wie möglich zu geben. »Auf jeden Fall wollte ich es dir gesagt haben.«

Er brach das Gespräch ab und setzte sich wieder hin.

Mit diesem ersten Wortwechsel zwischen Saleh und Gholam waren alle, die vor Gholis Laden saßen, verstummt. Gespannt hörten sie den beiden zu und warteten darauf, dass etwas Ungewöhnliches passieren würde. Am neugierigsten schienen die Kinder und Jugendlichen zu sein, die sich offenbar nach einem richtigen Krach sehnten. Sie hatten die Ohren gespitzt, die Blicke auf Salehs und Gholams Lippen geheftet und verhielten sich wie Schaulustige, die einem Hahnenkampf beiwohnen. Alle kannten die beiden gut, und es war sonnenklar, dass sich ein heftiger Streit anbahnte.

Nach einem längeren, dumpfen Schweigen kniete sich Saleh auf ein Bein und sagte: »Meinst du es wirklich ernst, oder treibst du einen Scherz mit mir?«

Gholam lachte, schaute in die Runde der Anwesenden. »Was für ein Scherz? Scherze treibt man unter der Decke. Und dazu gehören zwei Köpfe und vier Beine.«

Gholams Seitenhieb traf Saleh. Er sagte: »Auch ich scherze nicht, du Sohn von Sedigheh. Wäge deine Worte gut ab, bevor du sie ausspuckst. Nicht alle sind so ein dahergelaufener Schlendrian und Habenichts wie du, dass man sagen kann, was man will. Es geht doch schließlich darum, wie du ein Grundstück, für das ich die Pacht bezahlt habe, überhaupt pachten kannst.«

»Von Ämtern und Notaren habe ich keine Ahnung. Ich weiß nur, dass ich den Boden gepachtet und den Vertrag hier in der Tasche habe.«

»Das heißt, bevor mein Vertrag ausgelaufen ist, hast du einen neuen abgeschlossen. In welchem Land gibt es denn solche Gesetze? Komm her, zeig mir deinen Vertrag. Du glaubst wohl, du hättest lauter Blinde um dich herum.«

»Nein, mit Blinden hab ich nichts zu schaffen, und meinen Vertrag werde ich niemandem zeigen. Ab morgen, mit dem Beginn der neuen Saison, werde ich das Feld bearbeiten. Und dir brauche ich meinen Vertrag nicht zu zeigen, du bist doch nicht der Staatsanwalt. Hast du es endlich begriffen? Wenn du es mir nicht glaubst, kann ich dir, wenn du willst, hier und jetzt, in Anwesenheit der hier Versammelten, alle deine Geräte abkaufen, damit du heute Nacht ruhig schlafen kannst.«

»Verausgabe dich nicht. Leg lieber dein Geld unter das Kopfkissen, du wirst es noch brauchen.«

»Einverstanden. Solltest du bis morgen deine Sachen nicht abgeräumt haben, werden sie zum Boden gehören.«

»Übereile dich nicht, Gholam. Die Küken werden erst Ende des Herbstes gezählt. Noch weiß niemand, von wem der Acker im nächsten Jahr bebaut wird.«

»Das weiß ich sehr wohl, er wird von mir bebaut.«

»Ich warne dich noch einmal, überstürze nichts.«

»Was du sagst, ist mir egal. Ich werde morgen meinen Ochsen aufs Feld bringen, morgen und keinen Tag später.«

»Willst du auf einem Acker, der noch nicht geerntet ist, Ochsen herumspringen lassen? Glaubst du, der Acker liegt brach? Lass ab von diesem frommen Wunsch. Was dir jenes zanksüchtige Weib ins Ohr geflüstert hat, kannst du vergessen. Und ich rate dir, spiel dich hier nicht auf. Ich werde doch nicht einen Boden, an dem ich selbst beteiligt bin, für nichts und wieder nichts einem anderen überlassen. Ich bin doch kein Narr.«

»Du wirst den Boden hergeben und noch zwanzig Kilo Honig dazu. Wir werden uns sprechen, wenn du dich mit Krug und Spaten auf den Weg ins Dorf gemacht hast.«

»Wir werden, falls wir beide noch am Leben sind, sehen, wer Recht hat.«

»Sei unbesorgt, du wirst nicht sterben. Wir haben noch viel miteinander zu tun.«

»Na schön.«

»Schön oder nicht schön, wir werden sehen.«

Der Dorfvorsteher mischte sich ein: »Verdammt die listigen Intrigen des Teufels, solche Worte bringen Verdruss.«

Plötzlich trat Mossajeb aus dem Dunkel, schlug sich mit der Hand auf den Schenkel, streckte Gholam ein

Bein entgegen und sagte: »Gholam, du Bettler, ich geb dir nicht mal mein Bein, damit du es zwischen die Schenkel deiner Mutter stecken kannst.«

Alle Köpfe drehten sich nach Mossajeb um. Immer verlor Mossajeb bei solchen Gelegenheiten die Beherrschung, seine Wangen wurden blass, seine Lippen zitterten, der Speichel lief ihm aus den Mundwinkeln, und seine Augen drohten aus den Augenhöhlen zu platzen. Erst jetzt merkte Saleh, dass sein Bruder noch da war. Er wandte sich ihm mit einer heftigen Bewegung zu und sagte: »Sei du still!«

Doch dieses Mal schien Mossajeb nicht gewillt, wie sonst üblich, Saleh zu gehorchen. Er stellte sich, den Körper kerzengerade aufgerichtet, mitten in die Menge und starrte Gholam an. Die Datteln in seiner Faust waren zu einer klebrigen Masse zerdrückt, die Kette umringte nach wie vor sein Handgelenk. Gholam betrachtete es als unter seiner Würde, sich mit Mossajeb abzugeben. Er wandte sein Gesicht von ihm ab und rauchte eine Zigarette. Karbalai Mad Jussef, der kurz im Laden verschwunden war, kam mit krummem Rücken die Stufen herunter, nahm Mossajeb am Handgelenk und zog ihn zur Seite. Doch Mossajeb schüttelte ihn ab und stellte sich vor die Wand. Mad Jussef setzte sich wieder auf seinen Platz. Gholi ging hinkend zu Mossajeb und flüsterte ihm ins Ohr: »Komm, lieber Mossajeb, setz dich hin, iss deine Datteln.«

Mossajeb merkte plötzlich, was er in der Hand hatte, schleuderte den Dattelklumpen auf Gholam und sagte: »Von dem Sohn der Bettlerin Sedigheh nehme ich keine Datteln.«

Doch Gholam zog den Kopf ein, der Dattelklumpen

knallte an den Baum und blieb dort kleben. Saleh stand auf, packte den Bruder am Arm und zog ihn zur Seite. Seine Zähne knirschten. »Hab ich dir nicht gesagt, dass du still sein sollst? Bist du taub?«

Er zwang Mossajeb, sich zu setzen, und kehrte zu seinem Platz zurück. Aber Mossajeb war viel zu unruhig. Er hielt es an seinem Platz nicht aus. Er war wieder in jenen Zustand verfallen, der ihn gelegentlich dazu zwang, die Weite zu suchen und in der prallen Sonne über die Felder zu rennen, um seine innere Unruhe zu stillen. Oder er trieb mit seiner Kette den Esel Muscheh, verscheuchte die Raben, bis er schließlich irgendwo am Rande der Wüste erschöpft niedersank.

Er stand auf, fixierte Gholam mit Augen, die denen eines Wolfs glichen, und während ihm bei jedem Wort Speichel aus dem Mund troff, sagte er: »Ei, was glaubst du eigentlich, du Sohn der Bettlerin Sedigheh. Wage es nicht, unseren Boden zu betreten. Sonst steck ich dir den Spatenstiel in den Arsch.«

Gholam wandte sich an Saleh: »Sag ihm, er soll seine Zunge hüten, sonst werde ich ihm gleich hier an Ort und Stelle die Lippen vernähen.«

Saleh gab keine Antwort. Er senkte den Kopf.

Gholam wiederholte seine Warnung.

Mossajeb ging einen Schritt auf Gholam zu. »Näh lieber den Zwickel deiner Mutter. Was glaubst du, wer du bist, du Baumwolldieb, du ruchloser Landstreicher. Verlangst du Almosen, wünschst du gratis Wasser- und Zuckermelonen.« Mossajeb fasste mit einer Hand seinen Armmuskel, streckte Gholam den Arm mit geballter Faust entgegen und sagte: »Komm her, ich gebe sie dir.«

Gholam wandte sich an die Anwesenden: »Ihr seid

meine Zeugen. Macht mir später bloß keine Vorwürfe. Dieses Eselchen, dieser Knirps spuckt alles aus, was ihm auf die Zunge kommt. Und dieser Zuhälter, der es eigentlich besser wissen sollte, sitzt beleidigt in der Ecke und unternimmt nichts, um seinem Bruder das Maul zu stopfen … Und ich …«

Ohne den begonnenen Satz zu beenden, sprang Gholam auf, auch Saleh zog den Rücken seiner Stoffschuhe hoch. Mossajeb verlor die Geduld, sprang auf Gholam zu, wirbelte die Kette in der Luft und schlug sie ihm heftig auf die Schulter. Gholam zog geschwind seine Jacke aus, warf sie zur Seite und fasste in die Hosentasche. Mossajeb bezog Stellung, Saleh holte aus Gholis Laden die Latte der Laufgewichtwaage und stellte sich an die Seite seines Bruders. Die Anwesenden, die an der Mauer hockten, erhoben sich. Der Dorfvorsteher versuchte, die Gemüter zu besänftigen.

Gholam wurde von einer Menschenmauer festgehalten. Das Messer gezückt, drängte es ihn mit aller Kraft zu den Söhnen Baba Sobhans. Auch Mossajeb wollte sich auf Gholam stürzen, doch die Menschenmenge hatte zwischen den Söhnen Baba Sobhans und Gholam einen Damm aus Schultern und Armen errichtet. Gholi nahm die Lampe vom Türhaken, brachte sie hinkend in den Laden und stellte sie an einen sicheren Platz. Die Leute standen nun im fahlen Licht des Mondscheins, der die wogenden Mützen und Köpfe gespenstisch erhellte.

Plötzlich tauchte Gholams Mutter auf. Es war nicht festzustellen, wer sie benachrichtigt hatte. Sie legte ihren Stock und ihren Proviantbeutel auf die Stufen zum Laden und mischte sich unter die Menschenmenge. Mit ihren schwachen Augen konnte sie die Umgebung kaum wahrnehmen, auch ihre Arme und Beine wollten ihr nicht so recht gehorchen. Dennoch gelangte sie mit größter Anstrengung zu ihrem Sohn. Sie schrie so laut, dass der Himmel erbebte, und Gholam wurde plötzlich gewahr, dass seine Mutter wie eine Zecke an ihm klebte. Er biss sich auf die Lippen, stieß seine Mutter von sich. Die alte, bucklige Frau ließ sich zur Erde sinken. Gholam sammelte seine ganze Kraft, um an Baba Sobhans Söhne heranzukommen. Er stieß zwei Männer, die seinen Weg versperrten, zu Boden, sprang über sie hinweg, aber andere hielten ihn an den Schultern fest. Mossajeb brüllte und fauchte wie ein Wolf und versuchte, sich durch die Menschenmauer zu keilen. Saleh verhielt sich anders. Er stand still am Ufer des Weihers und musterte den Gegner. Er rechnete damit, dass es Gholam in jedem Augenblick gelingen würde, die Menge beiseite zu drängen und ihn anzugreifen. Doch vier, fünf Männer hatten Gholam an den Schultern gepackt, während der Dorfvorsteher Nemat unentwegt beschwichtigend auf ihn einredete.

Asgar eilte zu Baba Sobhans Haus und brachte ihm die Kunde von dem Vorfall. Baba Sobhan rannte barfuß aus dem Haus. Frauen und kleine Kinder schauten aus den Fenstern oder standen auf dem Dach ihrer Häuser und beobachteten neugierig das Geschehen. Gholams Mutter kniete am Ufer des Weihers. Aus ohnmächtiger Wut hatte sie ihr Kleid zerrissen und ihr Kopftuch weggeworfen. Sie raufte sich die weißen Haare und verfluchte ihren Sohn. Ein wenig abseits stand eine Schar von Kindern; ihre Blicke tanzten auf Gholams Messerklinge.

Baba Sobhan rannte zu seinen Söhnen, packte von hinten Mossajebs Schulter, gab ihm, ohne es zu wollen, eine Ohrfeige und zerrte ihn auf die Seite. Mossajeb stieß seinen Vater zurück, drohte ihm gar mit der Kette. Saleh konnte die schwirrende Kette in der Luft auffangen, riss sich dabei aber die Haut seiner Innenhand auf. Gholams Mutter kroch auf den Knien zu ihrem Sohn und warf sich ihm abermals vor die Füße. Sie fürchtete, dass der Streit blutig enden würde. Gholam versetzte ihr einen Fußtritt und sagte: »Was willst du von mir, du Hundespross, du verdammte Zecke?«

Gholams Mutter stolperte und fiel kopfvoran in den Weiher. Kreischend fuchtelte sie mit Händen und Füßen. Asgar rannte zum Weiher, fasste sie am Bein und zog sie heraus. Dann holte er ihren Proviantbeutel sowie ihren Stock und brachte sie fort. Gholams Mutter war durchnässt und zitterte am ganzen Körper. Sie sah aus wie eine verregnete Vogelscheuche. Ihr Geheul und Gefluche war lange zu hören, sogar dann noch, als sie hinter der Festung verschwunden war.

Das Geschehen am Weiher fand ein glimpfliches Ende. Die Söhne Baba Sobhans wurden weggebracht, Gholam schloss sich dem Dorfvorsteher an, die Menge zerstreute sich, und jeder ging seinen Weg. Die Frauen verschwanden schwatzend in den Häusern, auch die Kinder machten sich auf den Weg nach Hause und erzählten sich aufgeregt, was geschehen war. Der hinkende Gholi fluchte flüsternd auf die Unruhestifter, löschte die Lampe, schloss die Tür seines Ladens und ging nach Hause.

Noch am selben Abend verfasste der Dorfvorsteher eine Bittschrift, steckte sie seinem Sohn unter die Mütze und schickte ihn zur Gendarmeriewache. Gholam ging zur Hütte seiner Mutter.

Die Mutter hatte in der Hütte Feuer gemacht, die Tür mit Ziegelsteinen versperrt und ihre Kleidung gänzlich abgelegt. Ihre Haare waren immer noch tropfnass. Sie klapperte mit den Zähnen. Ihre Arme und Beine sahen aus wie vier von Ameisen zernagte Holzlatten. Ihre knochig dürren Schultern waren eingefallen, und ihre Brüste hingen schlaff über ihrem Bauch. Sie weinte und flüsterte wie im Fieber Worte, die an traurige Wüstengesänge erinnerten. Wenn man sie nicht sehen würde, könnte man meinen, es sei eine Mutter, die ihr Kind in den Schlaf singt.

Gholam stieß mit dem Körper gegen die Tür, das Geräusch fallender Ziegelsteine war zu hören, und die Tür öffnete sich. Gholams Mutter klebte wie eine Spinne an der Wand und schrie: »Ich bin nackt, du Bastard.«

Gholam schloss die Tür, blieb mit dem Rücken zu seiner Mutter stehen.

»Zieh dich an«, sagte er.

»Meine Kleider sind noch nass, geh hinaus, bis ich meinen Körper in irgendetwas eingehüllt habe.«

»Komm, zieh mein Hemd an.«

»Und meine Beine?«

Gholam warf ihr sein Hemd vor die Füße. Sie bückte sich, nahm das Hemd, zog es an und ging zum Feuer.

»Es ist verbrannt«, sagte sie.

»Was?«

Sie zeigte Gholam den Zipfel ihres Kleides.

»Räum alles, was du hast, zusammen«, sagte er. »Wir gehen.«

»Wohin?«

»Das wirst du später erfahren. Alle Last, die ich zu tragen habe, wiegt nichts gegen die Schande, die ich deinetwegen hinnehmen muss. Du erwürgst mich durch deine Lebensart.«

»Warum soll meine Lebensart dich töten, mein Lämmchen?«

»Pack zusammen, was du brauchst, hab ich dir gesagt.«

»Ich habe nichts, was …«

»Dann los, mach dich auf den Weg.«

»Wohin?«

»Komm erst mal aus dieser Schakal-Höhle raus.«

Gholams Mutter setzte sich an die Feuergrube und hielt den Zipfel ihres Kleides über die Flammen. Gholam schaute sich um, stopfte alles, was er sah, in einen Leinensack, warf den Sack aus der Hütte und befahl der Mutter: »Steh auf!«

»Wozu soll ich aufstehen?«

»Ich sage dir, du sollst aufstehen. Du musst diese Ruine verlassen.«

»Wohin soll ich gehen …«

»In irgendein Grab.«

»Gehört diese Hütte etwa dir, hast du sie von deinem Vater geerbt? Du hast kein Recht, mich hinauszuwerfen. Geh mir aus den Augen, du brutaler Kerl. Ich will dich nie mehr sehen. Du bist ein Bastard.«

Gholam griff seiner Mutter unter die Achseln, zerrte sie von der Grube weg, hielt ihr den Mund zu und schleppte sie aus der Hütte hinaus. Draußen band er sie auf dem Rücksitz seines Motorrads fest und sagte: »Bei der kleinsten Bewegung wirst du runterfallen und verrecken, du niederträchtiger Schakal, du Hexe. Halt dich fest.« Er gab ihr den Leinensack und fügte hinzu: »Lass ihn ja nicht fallen!«

Die Mutter heulte: »Mein Gott, steh mir bei, räche mich. Nach diesem lebenslangen Elend … großer Gott …Wohin bringst du mich in dieser finsteren Nacht? Lieber Gott, hilf mir …«

Das Knattern des Motors verschlang die Klagerufe der Mutter. Gholam fuhr los, umkreiste den Weiher, passierte die Gasse, die zum Dorfbad ging, und erreichte schließlich die Festung. Eine weite Wüste aus Stein und Salz breitete sich im Schein des Mondes schwankend vor ihnen aus. Gholams Mutter bebte vor Furcht, sie schrie, presste ihren Kopf gegen den Rücken ihres Sohnes. Gholam beschleunigte und fuhr in die Wüste.

Schokat legte das in ein Tuch eingewickelte Brot in den Tragesack und ging zur Backgrube, um die Asche herauszuholen. Sie hatte in der Morgendämmerung Brotteig zubereitet und wollte heute ihrer Mutter beim Backen helfen. Noch dämmerte es.

Mossajeb band dem Esel die Zügel fest, legte ihm den Tragesack auf den Rücken, warf das Ende des Zügels auf seine Schulter und ging durch den Flur. Saleh holte einen Eimer voll Asche aus dem Backofen heraus, schüttete ihn in die Grube, gab Schokat den Eimer und folgte Mossajeb. Baba Sobhan stand im Flur und schnallte seinen Gürtel fest. Saleh blieb neben ihm stehen und fragte: »Wohin, so früh am Morgen?«

»Heute werde ich euch zum Feld begleiten.«

»Das Wetter ist nicht gut, es ist unbeständig, du wirst

dich erkälten. Siehst du nicht, wie die Wolken aufeinander reiten?«

»Das schadet nichts. Glaubst du, ich habe in meinem Leben noch keine Wolken gesehen?«

»Du hast doch auf dem Feld nichts zu tun.«

»Ich möchte trotzdem mitkommen.«

»Nein, es ist besser, wenn du bei diesem Wetter zu Hause bleibst.«

»Kümmere dich nicht um das Wetter. Ich bin doch nicht von gestern, bin auch nicht in Samttüchern aufgewachsen.«

»Das Wetter ist mir egal, aber was willst du draußen treiben? Du bist zu schwach, du wirst dich erkälten und auf die Nase fallen.«

Baba Sobhan ging auf die Tür zu: »Sei unbesorgt, solche Tage habe ich oft genug erlebt.«

»Meinst du, wenn du nicht mitkommst, wird der Himmel auf die Erde stürzen?«, rief Mossajeb von draußen. »Das Wetter ist heute nicht gut. Hör auf Saleh, geh wieder ins Haus. Komm, Saleh. Er wird schon dableiben.«

»Ich meine es ja nur gut mit dir«, sagte Saleh.

»Das weiß ich«, erwiderte Baba Sobhan. »Trotzdem will ich mitgehen. Es wird schon nichts passieren.«

Mossajeb drehte sich abrupt um und stellte sich dicht vor seinen Vater. »Was willst du, willst du mir auf die Nerven gehen?«

Saleh schrie ihn an: »Es reicht jetzt, rede nicht so viel, verschwinde.«

Baba Sobhan stand mit einem Fuß draußen und mit einem auf der Türschwelle. Saleh war schon in der Gasse. Mossajeb hatte den Arm um den Hals des Esels gelegt und wartete ein paar Schritte von Saleh entfernt an der Mauer.

»Ich hätte euch wenigstens Tee kochen können«, sagte Baba Sobhan, an Saleh gewandt.

»Das ist nicht nötig. Bleib lieber hier, und hilf Schokat. Du siehst doch, wie schwer sie trägt. Sie kann kaum noch gehen.«

»Ihre Mutter ist doch bei ihr.«

»Trotzdem, bleib hier. Es kann sein, dass die Wehen kommen und sie dich braucht. Wenigstens einer von uns sollte bei ihr sein, meinst du nicht auch?«

»Sie ist noch nicht so weit. Ich habe die Tage, sogar die Stunden gezählt. Sie hat noch Zeit.«

»Die Wehen kündigen sich nicht vorher an. Warum bist du so hartnäckig? Du verhältst dich wie ein Kind. Wie kommt es, dass du ausgerechnet heute deine Liebe zum Feld entdeckt hast? Denk an dein Rückenleiden, gehe wieder zurück.«

Baba Sobhan sagte nichts mehr. Er kehrte den Söhnen den Rücken, ging folgsam und ruhig ins Haus zurück. Was ihn so sehr bedrückte, ist mit wenigen Sätzen nicht wiederzugeben. Er ging direkt in den Stall, schloss die Tür, hockte sich neben die Krippe, legte seinen Kopf auf die Knie und blieb lange in dieser Stellung. Vielleicht weinte er dabei.

Die Sonne hatte die Augen noch nicht aufgeschlagen. Der Himmel war von Wolkenfetzen übersät. Ein leichter Wind spielte mit dem Zipfel von Mossajebs Umhang, strich durch Salehs Locken. Unterwegs wechselten die Brüder kein Wort miteinander. Den Rest des Streits am Vorabend hatten sie sogleich zu Hause ausgetragen.

Saleh ging zwei Schritte hinter Mossajeb, dazwischen trottete der Esel Muscheh. Dessen Zügel lag auf Mossajebs Schulter, seine Schnauze berührte Mossajebs Hals.

Muscheh schnaufte heftig durch die Nüstern und schüttelte seinen Zügel von Mossajebs Schulter ab. Mossajeb drehte sich um, hob den Zügel vom Boden auf, versetzte dem Esel einen kräftigen Schlag und trieb ihn an.

»Steig auf«, sagte er zu Saleh.

»Steige du auf.«

Mossajeb sprang auf den Esel, wischte mit dem Ärmel seine Nase ab, ließ ein paar Flüche gegen Muscheh los und begann zu singen. Seine Gesänge waren, wie bei ihm üblich, ein Gemisch von Worten und Melodien, die niemand verstand und noch niemand gehört hatte.

Die beiden Brüder erreichten das Feld. Mossajeb sprang vom Esel herunter, trieb ihn zum Fluss, legte seinen Umhang ab und hängte ihn an den Haken, der an der Wand des Schuppens befestigt war. Saleh ging einmal um den Schuppen herum und sagte zu Mossajeb: »Du fängst von unten an, ich von hier oben. Lass alle verdorrten oder weiß gefleckten Sträucher sein, und schneide nur jene, die wir als Futter brauchen können. Wenn Gott will, werden wir bis heute Abend mit dem Feld fertig.«

Mossajeb begab sich auf den Weg zum anderen Ende des Feldes, und als Saleh ihn nach einer Weile aus der Ferne betrachtete, kam er ihm vor wie eine kleine, schwarze Ziege. Mossajeb hatte sich gebückt und war mit Schneiden beschäftigt. Saleh lachte, zog sich um und begann, von der Scheune abwärts, die alten Sträucher aus der Erde zu reißen.

Baba Sobhan kam aus dem Stall und blieb draußen im Regen stehen. Schokat hatte sich neben der Backgrube an die Wand gelehnt und blickte in den Regen. Hager und groß von Gestalt und vom Regen durchnässt, erschien Schokats Mutter im Flur und ging zum Hinterhof. Sie setzte den Wasserkrug von ihrer Schulter ab, hockte sich in eine Ecke und sagte zu Baba Sobhan: »Warum stehst du im Regen? Hast du eine Strafe zu verbüßen?«

Baba Sobhan verzog sich, ohne ihr Antwort zu geben, in den Speicher. Schokats Mutter brummte, steckte den Kopf ins Zimmer, ging dann auf ihre Tochter zu und beugte sich über die Backgrube.

»Ich habe schon die Grube gesäubert«, sagte Schokat.

»Mit diesem Bauch? Du hättest auf mich warten sollen. Was stehst du jetzt hier herum und zählst die Regentropfen? Geh ins Haus. Geh, zieh dir was an.«

Als Baba Sobhan wieder aus dem Speicher kam, hatte er einen Schal um den Bauch gebunden, seinen alten Mantel angezogen und einen Stecken, den er wie einen Spazierstock in der Hand hielt. Einen kurzen Augenblick lang betrachtete er den Himmel und sah, wie das Herz des Himmels von Überdruss erfüllt war. Er ging zur Tür. Schokat sah vom Zimmer aus die schwarze Gestalt Baba Sobhans. Sie streckte den Kopf aus dem Türspalt und fragte: »Wo gehst du bei diesem Wetter hin, Gevatter?«

»Zu meinen Söhnen.«

»Saleh hatte doch gemeint, du solltest nicht zum Feld gehen.«

»Er kann sagen, was er will. Ich finde keine Ruhe mehr.«

Baba Sobhan verschwand im Dunkel des Flurs.

Schokats Mutter warf ein Bündel Disteln, das an einer vierzinkigen Harke hing, in die Backgrube und sagte: »Er wird auf halbem Weg wieder umkehren. Bei diesem Regen wird man nicht einmal einen Hund aus seiner Hütte prügeln können. Geh, zieh dir etwas über.«

Das Geräusch der langsamen Schritte Baba Sobhans, das von der Mauer her zu hören war, wurde allmählich leiser. Schokats Mutter beugte sich tief in die Grube hinein.

Saleh richtete sich auf, sein Blick fiel auf den Schuppen und auf eine Person, die gerade dabei war, den Schuppen zu zertrümmern. Er warf die Sträucher, die er gesammelt hatte, auf die Erde und eilte zum Schuppen. Es fiel ihm nicht schwer zu erraten, wer diese Dreistigkeit wagen konnte. Er irrte sich nicht. Wenige Schritte vom Schuppen entfernt, neben den verwelkten Sonnenblumen, erblickte er Gholam, der mit feindseliger Miene seinen Spaten gegen die Latten des Schuppens schlug. Mit jedem Schlag krachte und splitterte das Holz.

»Gott gebe dir mehr Kraft«, sagte Saleh.

Gholam drehte sich nicht um, gab Saleh auch keine Antwort. Unberührt davon, dass der Besitzer des Schuppens hinter ihm stand und mit ansah, wie sein Eigentum zerstört wurde, setzte er entschlossen sein Werk fort. Jedes Mal, wenn er ein Stück des Schuppens zertrümmerte und auf die Erde warf, stieg eine kleine Staubwolke auf, die sich im Regen aber sofort auflöste. Als Gholam mit dem Abriss des vorderen Teils fertig war, sprang er auf die Lehmmauer und schlug mit dem Spaten gegen die Decke, riss die Querbalken heraus, die sich knirschend von den Säulen lösten, warf die Balken auf den Holzhaufen und begann schließlich, die restlichen Wände zu zertrümmern – so wütend, als wolle er ein wildes Tier schlachten.

»Hast du mit dem Schuppen Streit, dass du ihn so zusammenschlägst«, fragte Saleh.

»Ich möchte auf dem Hügel, oberhalb des Feldes, einen neuen Schuppen bauen, dort, wo ich auch die Bewässerungsanlage installieren will.«

»Willst du in dieser Jahreszeit einen Schuppen bauen? Bei dieser Witterung kann doch der Lehm nicht trocknen.«

»Jeder ist sein eigener Herr und kann tun und lassen, was er möchte. Vielleicht will ich …«

Er führte den Satz nicht zu Ende, steckte den Spaten in eine Ritze und stemmte sich mit dem ganzen Gewicht seines Körpers gegen den Stiel. Große rote Brocken lösten sich von der Mauer, fielen vor Salehs Füßen in die weiche, feuchte Erde. Instinktiv wich Saleh einen Schritt zurück und blieb dort wie festgenagelt stehen. »Ich bin doch keine Vogelscheuche, dass du, ohne mir ein Wort zu sagen oder mich anzuhören, an dieser Scheune deine Kraft erprobst?«

Gholam richtete sich auf, blickte mit seinen kleinen grasfarbenen Augen auf Saleh und sagte: »Wenn du keine Vogelscheuche wärst, hättest du längst deine Sachen gepackt, um niemandem hier zur Last zu fallen.

Außerdem, was hätte ich dir sagen sollen? Ich bin hier der Herr und kann machen, was ich will. Es geht niemanden etwas an. Du wirst doch auch nicht, wenn du mit deiner Frau unter die Bettdecke kriechen willst, auf das Dach steigen und es öffentlich kundtun.«

Saleh bebten die Schultern. Er konnte sich nicht mehr beherrschen und schrie: »Du niederträchtiger Zuhälter, was gehen dich Frauen anderer Männer an?«

Ohne zu zögern, fasste er den Rand der Mauer und zog sich hoch. Doch Gholam konnte es rechtzeitig verhindern, dass Saleh seine Ferse schnappen konnte. Er stampfte heftig mit dem Absatz auf Salehs Hand und sprang herunter. Beide bezogen Stellung. Saleh nahm ein Stück eines herausgebrochenen Balkens, und Gholam hob, noch flinker als Saleh, seinen Spaten hoch und zielte auf Salehs Schulter. Saleh aber ließ blitzschnell den Balken fallen, ergriff den Spatenstiel und drehte ihn immerzu, sodass auch Gholam sich drehen musste. Gholam fiel der Spaten aus der Hand. Er stand nun mit dem Rücken zu Saleh, der mit seinen langen Armen Gholams Brust wie ein Stück Eisen zwischen den Zähnen einer Zange umklammerte. Er legte ihm den Spatenstiel quer über die Brust und zog so fest an beiden Enden des Stiels, dass Gholam trotz seiner kräftigen Brust beinahe erstickt wäre. Saleh, dessen Stirnadern angeschwollen waren, konnte von hinten sehen, wie Gholams Halsadern, gespannt wie die Zweige eines Granatapfelbaums, aus der Haut zu platzen drohten. Gholam und Saleh unternahmen jeden Trick, setzten alle ihre Kräfte ein, um sich aus den Armen des Gegners loszureißen. Die beiden Männer schienen wie aneinander gefesselt, und ihre Füße gruben sich immer tiefer in den Erdboden.

Am anderen Ende des Feldes erhob sich das wilde Geschrei Mossajebs. Angstschauer liefen über Gholams Rücken. Mossajeb hielt die Zunge seines Spatens in der Hand, rannte geduckt wie ein Jagdhund, der einen Wolf verfolgt, auf die Scheune zu. So flink und schnell hatte Saleh ihn noch nie rennen sehen. Gholam erblickte in den behenden Schritten Mossajebs seinen eigenen Tod. Hätte Mossajeb Gholam in diesem Zustand erreicht, hätte dies Gholams Ende bedeutet. Denn Mossajeb kannte keine Vorsicht, er fühlte sich auch niemandem gegenüber verpflichtet. Hätte an jenem Hochzeitsabend Mossajebs Stock nur einen Fingerbreit höher Gholams Hals getroffen, gäbe es heute niemanden, der den Namen Gholam Fasanghari tragen würde. Auch jetzt, wo Gholam in die Falle geraten war, spürte er, dass Mossajeb ihn, sollte er ihn tatsächlich erwischen, mit einem Schlag ins Jenseits befördern würde. Genau diese Furcht verwandelte Gholam in eine Feuerglut. Es war, als hätten sich sämtliche Fasern seines Körpers aufs Äußerste gespannt, von einer Kraft durchdrungen, die ihn aufpeitschte und aus Salehs Armen erlöste. Er nahm zwei Schritte Abstand, fasste in die Hosentasche. Die Klinge seines Messers blitzte. Saleh ließ ihm keine Zeit zum Angriff, hob den Spaten hoch und zielte auf Gholams Schultern. Gholam drehte sich geschwind um, warf sich, noch bevor der Spaten ihn treffen konnte, mit einem Sprung auf Saleh.

Der Spaten fiel herunter, blieb mit der Zunge in der Erde stecken, und Saleh stürzte wie eine Trauerweide, die gefällt wird, zu Boden. Seine Locken vermischten sich mit der weichen, feuchten Erde, inmitten der Sonnenblumen.

Mossajeb war noch etwa zehn Schritte von Gholam entfernt. Gholam rannte zu seinem Motorrad, flog wie ein Rabe davon und wirbelte mit den Rädern seines Motorrads den feuchten Staub entlang des Weges auf. Mossajeb rannte ihm keuchend nach, doch nach der Biegung des Flusses verschwand das Motorrad aus seinem Blickfeld. Entmutigt sank er zu Boden. Ein Gefühl des Selbsthasses überkam ihn. Er stand wieder auf, blickte verwirrt um sich, und plötzlich zerbarst in ihm die Wut. Er schlug sich mit dem Spaten auf den Kopf und stürzte, gleich neben dem Fluss, auf die Erde nieder.

Baba Sobhan kehrte vom Feld zurück, aber nicht im selben Gemütszustand wie am Morgen, auch nicht mit den Söhnen, die am frühen Morgen ihr Brot eingepackt und das Dorf verlassen hatten. Er hatte die Leiche seines Sohnes wie ein Bündel Getreide auf Muscheh gepackt und den Weg ins Dorf eingeschlagen. Salehs Beine hingen von der einen, seine Hände und gelockten Haare von der anderen Seite herab und pendelten mit jedem Schritt des Esels hin und her. Mossajeb war völlig entstellt. Blutspuren zogen sich mitten über die Stirn, über Augen und Wangen. Die Augen schauten aus dem Abgrund seines blau unterlaufenen Gesichts, starr und erloschen, wie eingefroren. Die Handgelenke waren mit seiner eigenen Kette auf dem Rücken gefesselt, und sein Hals war mit dem Zügel an Muschehs Hals gebunden. Schweigend wie ein Stein trottete er neben dem Esel her.

Drei Schritte hinter seinen Söhnen und dem Esel wankte Baba Sobhan. Nur mühsam trugen ihn die Beine. Seitdem er das Haus verlassen hatte, schien er um hundert Jahre gealtert.

Als sie das Dorf erreichten, war es fast Abend geworden. In der ersten Dorfgasse scharten sich die Kinder um sie, und als sie zum Weiher gelangten, wurden sie von Männern und Frauen umringt. Baba Sobhan setzte seinen Weg fort, doch die Dorfbewohner liefen hinter und neben ihm her. »Was ist geschehen«, fragten sie mit den Augen, aber Baba Sobhan schaute niemanden an. Und wenn sie diese Frage auch mit ihrer Zunge stellten, vermochte Baba Sobhan ihnen keine Antwort zu geben. Er war so niedergeschlagen, dass er kein einziges Wort mehr herausbringen konnte.

Endlich kamen Baba Sobhan und seine Söhne zu Hause an. Muscheh schlug mit dem Kopf gegen die Tür, die Tür ging auf und knallte gegen die Wand. Muschehs Hufe klapperten im Gang. Die Sohlen von Salehs Schuhen streiften den Türrahmen. Der Esel umkreiste die Grube und ging auf den Stall zu. Schokat kam mit frisch gebackenem Brot in der Hand aus dem Zimmer. Als sie Saleh erblickte, ließ sie das Brot fallen und rannte zu ihm, sie kniete neben Muschehs Beinen auf die Erde, griff in die Locken ihres Mannes und betrachtete sein Gesicht. Salehs Gesicht hatte schon die Farbe der Erde angenommen. Schokat brüllte wie eine Stute, schlug sich mit den mit Brotteig beschmierten Händen aufs Haupt und fiel neben der Grube in Ohnmacht. Baba Sobhan schaffte es nicht mehr bis zum Hinterhof. Mitten im Gang sank er nieder und verlor das Bewusstsein. Mossajeb stand mit gefesselten Händen schweigend neben Muscheh. Der Esel lief zum Stall und öffnete mit der Schnauze die Tür. Salehs Kopf und Beine blieben am Türrahmen hängen, der Leichnam rutschte auf den Boden. Der Esel zog Mossajeb mit in den Stall hinein, dann fiel die Tür hinter ihnen zu.

Die Dorfbewohner versammelten sich in der Gasse wie Ameisen um ein Stück Brot. In Baba Sobhans Haus entstand ein großer Tumult. Frauen, Männer und Kinder drängten hinein. Es war wie am Abend von Salehs Hochzeit. Manche rannten ziellos hin und her. Die Leute stießen sich gegenseitig an, stellten Fragen: »Was ist geschehen?«

»Ist er gestorben?«

»Nein, er ist ermordet worden.«

»Gott verdamme den Mörder!«

»Mein Gott!«

»Mit dem Messer?«

»Wann ist es geschehen?«

»Heute.«

»Heute Morgen?«

»Ach, heute Morgen habe ich Saleh mit eigenen Augen am Weiher gesehen. Er füllte seinen Krug.«

»Mir ist zum Sterben zumute.«

»Gott möge den Täter bestrafen!«

»War er es?«

»Wer denn sonst?«

»Es war Gholam.«

»Der Bastard.«

»Ein Spross des Teufels.«

»Der arme Vater, was für ein furchtbares Schicksal!«

»Warum erwähnst du nicht den Bruder? Von diesem Schlag wird er sich nie erholen können.«

»Wie grausam, das Kind wird als Waisenkind geboren. Es war ihm nicht gegönnt, das Angesicht seines Vaters zu erblicken.«

Schokat lag noch immer in Ohnmacht. Frauen hatten sie umringt und hielten ihr feuchten, mit Stroh vermischten Lehm unter die Nase. Aus Schokats Mund quoll Schaum. Plötzlich begann sie sich zu wälzen, schlug mit den Füßen auf die Erde und stieß zwischen den Zähnen spitze Schreie aus, als würde sie von Nadeln gestochen. Die Frauen waren bemüht, Schokat zu beruhigen.

Ältere Männer hatten Baba Sobhan durch den Gang in die Nähe des Hühnerstalls getragen, hatten ihn auf die Erde gesetzt und mit dem Rücken an die Wand gelehnt. Sie befeuchteten sein Gesicht mit Wasser. Doch Baba Sobhan rührte sich nicht, er glich einer Leiche. Seine Arme und Beine hingen schlaff an ihm, sein Gesicht war farblos. Die Hühner hatten sich in eine Nische neben der Backstube verzogen und blickten unruhig um sich.

Im Gewimmel hatte keiner gemerkt, dass Schokats Mutter gekommen war. Auch wusste keiner, ob sie den Wasserkrug jemandem gegeben oder ihn selbst in die Ecke gestellt hatte. Man konnte nur sehen, wie sie das Haupt ihres Schwiegersohns umarmte und bitterlich weinte. Einige Frauen trennten sie von Saleh. Ein Mann nahm seinen Umhang von den Schultern und legte ihn auf den Leichnam. Schokats Mutter eilte zu ihrer Tochter, die völlig erschöpft und benommen auf dem Boden lag. Die Mutter warf sich auf sie und schloss sie in ihre Arme. Ein paar Frauen hoben Schokat hoch, um sie ins Haus zu tragen. Sie wog leichter seit dem Schock. Ihr

Bauch war eingefallen. Unter ihrem Gesäß hatte sich eine große Blutlache ausgebreitet, als habe man dort ein Schaf geschlachtet. Die Frauen begannen vor Entsetzen laut zu schreien. Von Geheul und Gewimmer begleitet, wurde Schokats kalter Körper aus Baba Sobhans Haus getragen und in das Haus ihrer Mutter gebracht.

Dorfvorsteher Nemat traf mit zwei untersetzten, dunkelhäutigen Gendarmen ein. Schon am Vorabend hatte er seinen Sohn zur Wache geschickt, doch waren die Beamten erst jetzt eingetroffen. Der Dorfvorsteher ging zu Baba Sobhan. Er war noch nicht bei Bewusstsein. Der Dorfvorsteher fragte nach Mossajeb. Asgar zeigte mit seiner Rute auf den Stall. Der Dorfvorsteher öffnete die Stalltür. Mossajeb stand aufrecht neben dem Esel und starrte wie auf einem Foto mit reglosen Augen vor sich hin. Der Dorfvorsteher ging in den Stall hinein, band den Zügel von Mossajebs Hals los und führte ihn hinaus. Mossajeb heftete schweigend seinen erstarrten Blick auf die Gendarmen.

Die Gendarmen trieben die Schaulustigen aus dem Haus. Der Lärm ließ allmählich nach. Im Hinterhof waren jetzt nur noch Baba Sobhan, ein paar alte Männer, die um ihn herumstanden, Mossajeb, der Dorfvorsteher und die beiden Gendarmen übrig geblieben. Mossajeb sah ganz verdorrt aus, wie ein unter der prallen Sonne ausgetrocknetes Bündel Getreide. Kein Wort war aus ihm herauszuholen. Die Gendarmen gingen auf Baba Sobhan zu. Auch er war verstummt. Nur ein paar Satzbrocken kamen aus seinem Mund. Er sagte, als er zum Feld gegangen sei, habe er Saleh auf dem Boden liegen sehen. Mossajeb habe neben ihm gestanden und gebetet. Man fragte ihn, von wem der Schlag auf Mossajebs Kopf stamme. Dazu könne er nichts sagen, deutete er mit einer Kopfbewegung an. Er erwähnte nur noch, dass er auf dem Weg zum Feld Gholam gesehen habe, der mit großer Geschwindigkeit in Richtung Stadt gefahren sei.

Der Dorfvorsteher zog den Umhang über Salehs Leiche zur Seite und wischte ihm mit seinem roten seidenen Taschentuch die Augen ab. Der Anblick der Leiche schien für die Gendarmen etwas Alltägliches zu sein. Widerwillig betrachteten sie Salehs fahles Gesicht und das blutgetränkte Hemd und wandten sich nach wenigen Augenblicken von ihm ab. Der Feldwebel nahm ein Stück Papier und einen Kugelschreiber aus der Tasche, machte einige Notizen und stellte den alten Männern, die noch in Baba Sobhans Haus geblieben waren, ein paar Fragen. Dann gab er seinem Kollegen ein Zeichen und ging mit dem Dorfvorsteher in den Flur.

Der Gendarm folgte dem Zeichen des Feldwebels, trat auf Mossajeb zu, band ihm die Kette von den Händen los, legte ihm stattdessen Handschellen an und wollte ihn in den Flur bringen. Aber Mossajeb wich einen Schritt zurück. Der Gendarm stieß ihm gegen die Brust. Mossajeb lehnte sich an die Wand. Der Gendarm schlug ihm die Peitsche über den Kopf, zog ihn von der Wand weg, zerrte ihn durch den Flur und stieß ihn auf die Gasse. Dann nahm er den Riemen vom Gewehr des Feldwebels, band damit Mossajebs Handschellen an den Sattel seines Pferdes und kehrte ins Haus zurück. Schließlich erschien der Feldwebel, bestieg das Pferd, kehrte Baba Sobhans Haus den Rücken und gab seinem Rappen die Sporen. Mossajeb stampfte auf die Erde, wehrte sich und schrie. Doch der Trab des Pferdes und gelegentlich auch ein Peitschenschlag des Feldwebels zwangen ihn, weiterzulaufen. Die Dorfkinder rannten ihnen hinterher, schauten neugierig zu, wie Mossajeb, der sich ständig nach dem Haus seines Vaters umsah, abgeschleppt wurde.

Baba Sobhan erkannte die Klagerufe seines Sohnes, wandte sich an die Männer, die um ihn herumstanden und fragte: »Wohin bringen sie ihn?«

Alle schauten den Gendarmen an, der in ihrer Nähe patrouillierte und den Auftrag hatte, auf Baba Sobhan aufzupassen.

Der Gendarm sagte: »Nicht weit, Gevatter. Er wird zur Wache gebracht. Heute oder morgen werden wir auch dich dahin bringen.«

Baba Sobhan schwieg und lehnte seinen Kopf an die Wand.

Immer noch rollten Schweißtropfen über Gholams Gesicht. Durchnässt und zerknittert, hockte er schweigend auf der Stufe zur Vorhalle. Mit blassem, zuckendem Gesicht starrte er bedrückt auf einen Stein. Adeleh schritt in der Vorhalle hin und her. Sie biss sich auf die Unterlippe. Ihre Hände zitterten.

»Du Spross des Teufels«, sagte sie.

»Ich habe es nicht gewollt. Ich war wie von Sinnen. Ehrlich gesagt, ich hatte Angst.«

»Ich habe dich geschickt, um einen Hut zu holen, und du hast gleich den Schädel mitgebracht, du verdammter Halunke.«

»Was hätte ich tun können? Du warst ja nicht dabei, sonst könntest du mich besser begreifen. Hätte ich nicht zugeschlagen, wäre ich verloren gewesen. Aber davon abgesehen, es war ein unglücklicher Zufall. Ich hatte keineswegs die Absicht, ihn zu töten. Ich konnte es nicht verhindern. Es war sein Schicksal. Ach, dieser Bruder, hätte ich doch ihm ins Herz gestochen. Ohne ihn wäre das Furchtbare nicht geschehen. Er ist an allem schuld. Ich hab ihn plötzlich gesehen, wie er, einem jungen Leoparden gleich, herangerannt kam. Wenn ich nicht rechtzeitig reagiert hätte, wär ich jetzt nicht hier.«

»Es reicht, ich habe begriffen. Jetzt mach dich aus dem Staub, solange es nicht zu spät ist.«

»Im Moment bin ich völlig durcheinander. Ich habe keine Ahnung, wohin ich gehen soll.«

»Egal, geh jetzt, du wirst schon einen Platz finden.«

»Ich werde morgen früh gehen, jetzt nicht. Jetzt kann ich nicht. Meine Beine haben keine Kraft mehr. Morgen früh werde ich verschwinden. Es bleibt mir nichts anderes übrig.«

»Und was willst du bis morgen tun?«

»Ich werde hier bleiben, bis zum Sonnenaufgang.«

»Hier? Nein, das geht nicht, auf keinen Fall. Verschwinde, bevor jemand merkt, dass du hier bist. Hat dich jemand gesehen, als du hierher kamst?«

»Nein, es hat geregnet. Nur ein Bettler war auf der Straße.«

»Umso besser. Dann los, verschwinde.«

»Es ist doch noch hell.«

»Das ist mir egal. Du musst abhauen, bevor man dich hier entdeckt.«

»Hier bin ich doch sicher.«

»Woher willst du wissen, dass man nicht zuallererst hier nach dir sucht.«

»Wieso hier?«

Das Geld, das Saleh mitgebracht hatte, lag noch, in ein Tuch eingewickelt, in der Schatulle. Adeleh erhob sich, holte ein Bündel Geldscheine, warf es in Gholams Schoß und sagte: »Los, steh auf. Falls jemand dich fragt, du weißt von nichts, du bist auch nie hier bei mir gewesen, weder heute noch an einem andern Tag. Auf, los, Gott sei mit dir.«

»Ich dachte, ich könnte hier bleiben.«

»Warte, ich sehe nach, wie es draußen auf der Gasse aussieht.«

Adeleh steckte den Kopf aus dem Türspalt, warf geschwind einen forschenden Blick nach draußen und sagte: »Lauf jetzt, es ist niemand zu sehen.«

»Also gut, Gott schütze dich.«

Adeleh schloss die Tür, legte die Hand auf ihr Herz und setzte sich seufzend auf die Stufe zur Vorhalle.

Safieh kam und fragte flüsternd: »Liebe Frau, soll ich Ihnen einen Sirup bringen?«

Das Geräusch von Gholams Motorrad drang ins Haus.

Safieh sagte: »Gott sei Dank, er ist fort.«

»Sollte er zurückkommen, darfst du ihm die Tür nicht öffnen.«

»Jawohl, liebe Frau.«

Gholam fuhr zur Karawanserei, stieg dort von seinem Motorrad ab, sprang mit einem Satz über die Steinstufe und öffnete die Tür. Chalu hatte sich in seinen Pelzmantel gemummt, den er einst als Karawanenführer trug, und war eingeschlafen.

Gholam schüttelte seine Schulter und rief: »Chalu, Chalu!«

»Was ist, was machst du für einen Krach?«

»Steh auf, steh auf, Chalu!«

»Was ist geschehen, hast du wieder eine Heldentat vollbracht?«

»Wo ist der Hahn?«

»Ach, dir sollte man den Hals brechen. Du hast mir Angst eingejagt. Ich dachte, die Soldaten hätten die Stadt gestürmt. Der Hahn ist im Hühnerstall.«

Im Nu rannte Gholam zu seinem Motorrad, stemmte es hoch, trug es ins Zimmer. Chalu war ziemlich verwirrt, folgte Gholam mit den Blicken und fragte: »Was soll das, was hast du vor?«

»Ich will das Motorrad bei dir deponieren. Sollte ich innerhalb von sechs Monaten nicht zurückkommen, kannst du es verkaufen und das Geld Kokab Balutsch geben.«

»Sechs Monate? Was ist das für eine Reise, die sechs Monate dauert?«

»Rede nicht so viel. Sag ja und sonst nichts.«

»Man hat nach dir gefragt.«

»Wer? Die Alte?«

»Nein, Kokab Balutsch. Sie sagte, seit vier Tagen habe sie nichts mehr von dir gehört. Bist du zu einer anderen gegangen?«

»Wenn sie wiederkommt, sag ihr, ich sei nach Neischabur gefahren, nein, nicht nach Neischabur, in die Gegend von Sistan, um Handelsgeschäfte zu erledigen. Sag ihr Lebewohl.«

»Handel mit Opium?«

Gholam rannte auf die andere Seite der Karawanserei, nahm seinen Hahn in den Arm und ging wieder zu Chalus Zimmer zurück. Chalu saß am Kohlenbecken und zündete Holzscheite an.

»Chalu, merke dir, du weißt von nichts. Wenn jemand nach mir fragt, sagst du, ich wäre heute nicht hier gewesen. Gott schütze dich.«

»Gott schütze dich.«

Der Kamm des Hahns war immer noch verletzt. Gholam dachte, es wäre ratsam, den Hahn Eskandar anzuvertrauen, damit er ihn pflegt und wieder aufmuntert. Es schien ihm zu schade, wenn sein Lari herrenlos bleiben würde. So eilte er durch die leeren, verregneten Gassen und gelangte zur Stadtmauer.

Als er den ausgestorbenen Platz erblickte, auf dem bis vor kurzem Zelte gestanden hatten, blieb er enttäuscht stehen. Die Zigeuner hatten am Vorabend ihr Hab und Gut zusammengepackt und waren weitergezogen. Übrig geblieben waren nur noch die in Abständen aufgeschichteten Steine der Feuerstellen, wo sie ihre Speisen gekocht hatten. Zwischen den Steinen lag kalte Asche. Gholam flossen die Tränen. Er betrachtete seinen Hahn. Der Hahn zwinkerte nicht einmal, müde hielt er seinen Blick auf einen Punkt gerichtet. Gholam küsste ihn, streichelte ihm den Hals und die Federn, ließ ihn in Richtung der Stadtmauer fliegen, kehrte selbst der Stadt den Rücken und ging fort.

Die Sonne hielt sich noch immer hinter den Wolken versteckt. Vor Gholam lag die Wüste, die glitzernd salzige Erde, die Stille der Abenddämmerung.

Die Mauer hatte ihren Schatten auf dem Weiher ausgebreitet. Die Gassen und der schmale Weg am Weiher waren durch den Regen des Vortags noch feucht. Die Ochsen von Asgar Mad Jussef staken bis zu den Knien im Schlamm. Es dämmerte.

Mossajeb und Baba Sobhan kamen aus der Gasse, in der sich der große Wasserspeicher befand. Ihre Hände waren mit einem Wollschal zusammengebunden. Asgar grüßte, aber Baba Sobhan hörte ihn nicht und ging an ihm vorbei. Seine ganze Aufmerksamkeit galt Mossajeb. Mossajebs Schädel war mit einem blutbeschmierten Tuch verbunden, Weste und Hose schlotterten an seinem Körper. Der Hemdkragen war zerrissen, die Stoffschuhe hatte er irgendwo unterwegs verloren. Baba Sobhan konnte kaum mit ihm Schritt halten. Wie ein trunkenes, aufgescheuchtes Kamel stampfte Mossajeb auf die Erde, schäumte aus dem Mund, brüllte, schlug mit den Beinen um sich. Mühsam rannte Baba Sobhan hinter ihm her.

Sie kamen an Gholis Laden vorbei. Mossajeb stieß Baba Sobhan mit der Schulter zu Boden, fiel selbst stolpernd hin. Vier Männer sprangen herbei, hielten Baba Sobhan und Mossajeb fest, banden ihre Hände los und brachten sie nach Hause.

Im Haus war es leblos und still, nicht ein Atemzug war zu vernehmen. Die Hühner waren davongelaufen. Die Ziege stand auf dem Holzstapel und starrte auf die Ankömmlinge. Der Esel Muscheh trottete Disteln kauend um die Grube herum. Alle Zimmertüren waren verschlossen. Einer der Männer öffnete die Wohnzimmertür, und Baba Sobhan und Mossajeb wurden hineingetragen. Ein anderer zündete die Petroleumlampe an und vertrieb die Kinder, die ihnen bis zum Hinterhof gefolgt waren. Zwei Männer blieben im Zimmer, passten auf Mossajeb auf.

Nach einer Weile verstummte der Lärm der Kinder. Die Männer erhoben sich. Baba Sobhan hielt sie an, flehte, sie möchten ihn nicht allein lassen. Seine Augen füllten sich mit Tränen. Er befürchte, beschwor er die Männer, Mossajeb werde etwas Schlimmes anstellen. Das Leben bestehe nicht aus einer Nacht, erwiderten die Männer. Selbst wenn sie diese Nacht blieben, sei das Problem nicht gelöst. Man müsse Geduld haben, sagten sie und ließen die beiden allein.

Mossajeb verlangte die Kleidung, die er bei Trauerzeremonien zu tragen pflegte. Erfüllt von unendlicher Hoffnungslosigkeit, ging Baba Sobhan zur Truhe, wühlte in den Kleidern, fand schließlich unter Salehs Kleidern Mossajebs schwarzes Hemd. Mossajeb zog das Hemd an, ging in den Vorhof und begann, Klagelieder zu singen. Baba Sobhan setzte sich auf die Treppe und schluchzte.

Der Personentransportwagen, der nach Meschkan unterwegs war, hielt vor der Festung in Robat an. Adeleh und Safieh stiegen aus dem Jeep und gingen zum Weiher. Asgar Mad Jussef erhob sich, um sie zu begrüßen. Adeleh war schwarz gekleidet und hatte ihre Augen und Augenbrauen abgeschminkt. Safieh hielt zwei Zipfel ihres Schleiers vor ihrer Nase fest und schritt hinter ihr her.

»Seien Sie gegrüßt, gnädige Herrin«, sagte Asgar Mad Jussef. »Möchten Sie zu Baba Sobhans Haus? Aber niemand ist da. Baba Sobhan hat Mossajeb zum ›Herrn‹ gebracht, damit er für ihn betet.«

»Und was ist mit Beigom?«

»Meinen Sie die Mutter von Schokat?«

»Ja.«

»Sie ist da. In ihrem Haus findet die Trauerfeier statt. Im Augenblick ist es dort ruhig. Soll ich mitkommen und Ihnen das Haus zeigen?«

Verärgert über die Aufdringlichkeit von Mad Jussefs Sohn, schaute Safieh ihn von der Seite an und sagte: »Es ist nicht nötig, wir kennen den Weg.«

»Irrtum, sie ist umgezogen. Soll ich mitkommen, Herrin?«

»Meinetwegen. Komm mit, zeig uns das Haus.«

»Sie hat in der Nähe der Moschee gewohnt, vor sechs Monaten ist sie hinter die Festung gezogen.«

»Dann beeile dich.«

Asgar ging vor, die beiden Frauen, in schwarzen Schleiern verhüllt, folgten ihm. Er ging an dem Weiher vorbei, bog in die Gasse hinter dem Badehaus ein und blieb hinter der Festung vor einer kleinen, morschen Tür stehen.

Beigom saß, an die Mauer gelehnt, in der Sonne, rauchte Wasserpfeife und flüsterte Gebete.

Asgar rannte in den Vorhof und rief: »Beigom, Beigom, Frau Adeleh ist da, sie will ihr Beileid bekunden, schau, die Dienerin ist auch dabei.«

Beigom stand auf, ging zur Tür und sagte: »Seien Sie gegrüßt, liebe Frau. Bitte treten Sie ein. Seien Sie herzlich willkommen. Kommen Sie herein, und schauen

Sie, welches schlimme Schicksal ich zu erleiden habe, kommen Sie.«

»Gott gebe dir Geduld und Standhaftigkeit. Weine nicht, Mütterchen, weine nicht. Das Weinen kann die Qualen nicht lindern.«

»Du hast Recht, liebe Schwester, es ist nutzlos. Es wird den Toten im Grab noch mehr quälen. Was Gott uns geschenkt hat, hat er wieder zu sich genommen. Er allein ist Herr über unser Leben.«

»Wo ist deine Schokat?«

»Schokat, welche Schokat meinst du? Nur ein paar Knochen sind von ihr übrig geblieben. Hier, sie ist im Zimmer, komm, schau sie dir an.«

Sie betraten das Zimmer. Schokat lag unter der Bettdecke. Ihre leblosen Augen blickten ins Leere. Auf ihren Lippen hatten sich Schwielen gebildet, ihre Wangen waren eingefallen, ihre Augen tief in den Augenhöhlen versunken. »Wie geht es dir, meine Tochter«, fragte Adeleh, während sie Schokats Puls fühlte.

»Gut«, antwortete Schokat. Sie versteckte ihr Gesicht unter der Bettdecke, um ihre Tränen zu verbergen.

»Nachts wird sie vom Wahnsinn heimgesucht, bis zum frühen Morgen redet sie wirres Zeug. Sie ist oft unansprechbar und führt Selbstgespräche«, sagte Beigom. Sie brachte aus dem Raum hinter dem Vorhang ein Tablett mit zwei Tassen Mokka und stellte es vor die Frauen.

»Was hat sie noch für Leiden? Hustet sie?«

»Nein, Herrin. Nachts, im Halbschlaf, knirscht sie mit den Zähnen. Sie schwitzt so stark, als käme sie gerade aus dem Bad. Vom Scheitel bis zur Sohle ist sie durchnässt.«

»Was hast du bisher dagegen unternommen?«

»Ich habe ihr Gebetssprüche besorgt und Borretschblüten gebrüht. Warten wir ab, wie es in den nächsten Tagen aussieht. Ihr Schwiegervater und ihr Schwager schlagen sich mit ihren eigenen Qualen herum, und sonst haben wir niemanden, der sich um sie kümmern könnte.«

»Haben die Untersuchungen der Wache zu einem Ergebnis geführt?«

»Nein, Herrin. Es wird erzählt, die beiden Männer seien in die Stadt gebracht und dort befragt worden. Inzwischen sind sie zurückgekommen. Auch am Ort sind Untersuchungen durchgeführt worden.«

»Nun gut, aber was ist mit deiner Tochter? Wenn sie nicht zum Arzt geht, ist sie verloren.«

»Was soll ich tun, liebe Frau? Ich habe nichts in der Hand. Und sie selbst hat außer diesem kleinen Grundstück nichts, was ich verkaufen und für ihre Heilung ausgeben könnte. Die paar Töpfe und Teller, die ihr gehören, sind noch im Haus ihres Schwiegervaters. Die Kosten für Arzt und Medikamente sind nicht zum Spaßen.«

Adeleh stand auf, fasste Beigom an der Hand, führte sie hinaus und blieb vor der Küchentür stehen: »Möchte sie ihren Anteil verkaufen?«

»Selbstverständlich. Warum sollte sie es nicht wollen, wenn sie dafür bares Geld bekäme? Zum Teufel mit diesem Grundstück. Gerade dieses Grundstück hat doch das Unglück über sie gebracht. Wenn dieser Boden nicht gewesen wäre, hätte der Halunke keinen Vorwand gehabt, einen Streit vom Zaun zu brechen.«

»Gut, wenn sie ihren Anteil verkaufen möchte, bringt

den Grundbrief in die Stadt, dann kann ich deine Tochter auch gleich zum Arzt schicken. Wenn du sie so lässt, wird sie nicht lange durchhalten. Siehst du nicht, wie es mit ihr steht? Sie hat kein Blut mehr im Körper. Es wäre schade um sie, wenn sie sterben müsste. Sie ist noch jung. Man soll nicht freiwillig denen folgen, die aus dem Leben geschieden sind.«

»Gott gebe dir ein langes Leben, liebe Herrin. Gott erhalte dich.«

Asgar Mad Jussef streckte den Kopf durch den Türspalt. »Herrin, der Fahrer Mad Hassan fragt, ob es noch länger dauert und er zwischendurch nach Saferani fahren kann.«

»Nein, sag ihm, wir kommen gleich. Safieh!«

»Ja, Herrin.«

»Komm, wir gehen.«

»Jawohl, Herrin.«

Adeleh und Safieh gingen hinaus. Beigom begleitete sie bis zur Tür.

»Gott schütze Sie, Herrin, es war uns eine Ehre.«

Adeleh nahm zwei große Geldscheine aus ihrer Handtasche und steckte sie Beigom zu. »Sie wird wieder gesund werden, sei unbesorgt.«

»Gott segne Sie, Herrin, Gott vermehre Ihre Großzügigkeit.«

»Bring sie zu mir. Du kennst ja den Weg. Lebe wohl.«

»Jawohl, Herrin, Gott vermehre dein Hab und Gut. Halte deine schützende Hand über uns!«

Adeleh und Safieh verschwanden in der Biegung der Gasse.

Asgar rannte zu Beigoms Haus und fragte: »Wie viel hat sie dir gegeben?«

»Vierzig Tuman.«

Asgar lachte, rieb sich die Hände, rannte aus dem Haus und folgte Adeleh zur Festung.

Das Haus Baba Sobhans roch nach einer Ruine. Kein Atemzug eines Lebewesens, kein Hauch eines Windes war dort zu vernehmen. Alles schien wie ausgestorben. Saleh war längst begraben. Seine Frau verbrachte, gebrochen und vom Leid gezeichnet, ihre schweren Tage im Haus ihrer Mutter. Der Esel Muscheh hielt sich entweder im Stall auf oder legte sich neben die Grube. Die Gendarmen ließen sich nicht mehr im Dorf blicken. Die Justizbehörde hatte – aufgrund der Ergebnisse ihrer Untersuchungen – einen Haftbefehl gegen Gholam ausgestellt. Baba Sobhan und Mossajeb waren freigelassen worden, die Suche nach Gholam jedoch hatte zu keinem Erfolg geführt. Man munkelte, Adeleh habe den Chef der Wache getroffen und ihn, wie auch immer, dazu veranlasst, den Gendarmen die Anweisung zu erteilen, in diesem Fall die Augen zu schließen. Gholam war untergetaucht und ließ sich in Robat und Umgebung nicht mehr blicken. Und was geschehen war, entschwand allmählich aus dem Gedächtnis der Dorfbewohner.

Nur Baba Sobhan und Mossajeb konnten das Ereignis nicht vergessen. Baba Sobhan war nur noch ein halber Mensch.

Mossajeb hatte gänzlich seinen Verstand verloren, und auch seine äußere Erscheinung hatte sich vollkommen verändert – als habe man ihn in eine andere Körperhülle gesteckt. Die Augen waren farblos, der Mund stand offen und glich dem einer hungrigen Fledermaus, und die Ohren waren ganz schrumpelig geworden. Mossajebs blutleeres Gesicht, sein ausgezehrter Körper erinnerten eher an eine Mumie als an einen lebenden Menschen. Trotzdem fand er keine Ruhe. Wo er sich auch befand, tobte er herum. Wenn die Haustür zugeschlossen war, brach er sie mit einem Schulterstoß auf. Er stürzte hinaus, rannte durch die Gassen, schlug um sich, schwitzte, keuchte, und sein Brustkorb hob und senkte sich wie der Rücken eines Pferdes, das über eine weite Ebene galoppiert. Es war, als stieße ständig ein glühender Spieß in sein Herz oder als hätte er Gift gefressen. Er wälzte und kugelte sich, zerschlug alles, was um ihn herum stand. Dann wirbelte er im Kreis herum, schneller und immer schneller, bis ihm schwindlig wurde und er aus dem Mund schäumte, und sank in einer Ecke nieder.

Mossajebs Name war allmählich in aller Munde, er erreichte sogar über die Festung hinaus ferne Gegenden und verbreitete sich wie Samen von Heuschrecken. Jeder, der Baba Sobhan aus der Nähe oder Ferne kannte, erteilte ihm Ratschläge: »Versuch ihn nach Sangsar zu bringen. Dort ist ein Seyyed, ein Nachfahre des Propheten, von dem man sagt, er könne Wunder vollbringen.«

»Pilgere mit ihm zum Grabmal des Heiligen Reza, binde ihm einen Strick um den Hals, und flehe unter dem Stahlgitter um Erbarmen.«

»Solche Krankheiten kann nur der Heilige Abbas heilen. Warte, bis der Weg nach Kerbela frei ist, dann musst du ihn dorthin bringen.«

»Vertraue ihn Gott an. Er ist der Einzige, der Segen spenden und deine Probleme lösen kann.«

»Lieber Gott, erbarme Dich unser. Habe Dank für Deine Großzügigkeit.«

Doch Baba Sobhan war völlig entkräftet und nicht mehr imstande, den Ratschlägen zu folgen. Er war weder in der Lage, nach Maschad zu fahren noch die Strapazen der Reise nach Sangsar oder Kerbela durchzustehen. Seine Knie waren zu schwach, um ihn zu tragen. Die Haut seines Gesichts klebte wie verbrannt an den Backenknochen, die Augen lagen tief in den Höhlen, die Lippen waren runzelig geworden wie zwei Stücke gegerbtes Leder, die lange in der prallen Sonne gelegen haben. Der Kummer hatte ihm das Kreuz gebrochen. Die meiste Zeit verbrachte er in einer Ecke des Hinterhofs, neben dem Hühnerstall, starrte auf die mit Asche gefüllte Grube und flüsterte vor sich hin. Er konnte es noch nicht fassen, dass er seinen warmherzigen, geliebten Sohn nie mehr sehen würde. Salehs schlanke Gestalt mit den schwarzen Locken und lachenden Augen ging ihm nicht aus dem Sinn. Gelegentlich redete er sogar mit ihm über Säen, Ernten und Mähen. Es waren Gespräche, die nur für Saleh bestimmt waren, die nur er hören und verstehen konnte. Abends zündete er die Lampe nicht mehr an, denn es gab niemanden, den er hätte sehen können. Auch den Kochherd benutzte er nicht mehr, denn es gab niemanden, der ihm hätte gegenübersitzen, die Hand ausstrecken und sich etwas zum Essen nehmen können. Er aß nur einen Brocken Brot, vielleicht noch eine halbe Zwiebel und trank einen Becher Wasser dazu. Dasselbe galt auch für Mossajeb.

Der Esel Muscheh litt mit den beiden. Es vergingen Tage, bis seine Krippe mit neuem Stroh und der Trog mit frischem Wasser gefüllt wurde. Der Mangel an Nahrung hatte das Fleisch an seinem Körper verzehrt, sodass er ganz dürr war, wie Disteln in der Wüste. Er hielt die Augen verschlossen, schabte nur mit seinen Hufen, die tiefe Rinnen in der Erde hinterließen. Umringt von einem Schwarm von Fliegen, verfaulte das Tier allmählich in seinem eigenen Mist. Manchmal, wenn Muscheh der Durst zu sehr quälte, öffnete er mit der Schnauze und den Hufen die Stalltür und lief zum Weiher. Er trank so viel, bis sein Bauch prallvoll war. Dann kehrte er auf demselben Weg in den Stall zurück. Und wieder blieb ihm nichts anderes übrig, als mit der Schnauze im alten, vergilbten Heu zu wühlen.

Eines Morgens – der Himmel war bedeckt – nahm Baba Sobhan Mossajeb an der Hand, verließ mit ihm das Haus und ging zum Grabmal von Soltan Ghoreisch. An diesem Tag machte den Kindern das Zuschauen großen Spaß. Mossajeb saß mit gefesselten Händen und einer Kette um den Hals, die am anderen Ende um Muschehs Hals gebunden war, wie versteinert auf dem Sattel des Esels. Er hatte seine geballten Fäuste zwischen die Schenkel geklemmt. Sein Hals war kerzengerade, die Schulter ganz flach. Seine Augen blickten, wie die einer Eule, in unbestimmte Ferne, und seine Lippen schienen miteinander verschmolzen. Barfuß, mit gebeugtem Rücken, hielt Baba Sobhan den Zügel in der Hand und schritt langsam an Muschehs Seite. Es wollte ihm nicht gelingen, die Kinder, die hinter ihnen herliefen, zu vertreiben. Den Kindern erschien Mossajeb wie eine Wundergestalt. Dass Mossajeb trotz des Lärms still und stumm blieb, führte Baba Sobhan auf das Wohlwollen Soltan Ghoreischs zurück. Es bestätigte ihm, dass sein Vorhaben zu einem guten Ende führen würde.

Als sie außerhalb Robats angelangt waren, warf Baba Sobhan einen Blick zurück. Nach und nach hatten es die Kinder aufgegeben, dem seltsamen Paar zu folgen. Nur Asgar folgte Baba Sobhan auf Schritt und Tritt und spielte dabei mit seiner Rute.

Baba Sobhan wandte sich ihm zu und sagte: »Du, Sohn Mad Jussefs, kehr zurück, deine Mutter wird sich Sorgen machen.«

»Ich möchte Sie begleiten, Baba Sobhan. Darf ich?«

»Nein, lieber Neffe, ich schaffe es alleine. Gott sei Dank, er ist ruhig. Du siehst doch, wie friedlich er auf dem Esel sitzt. Geh zurück, lieber Neffe, geh zurück.«

Endlich kehrte Asgar um.

Nun war Baba Sobhan mit Mossajeb allein und mit ihnen der Esel Muscheh, der sich gähnend vorwärts schleppte. Vor ihnen lag ein Weg von zehn Kilometern, an dessen Ende sich das Grabmal von Soltan Seyd Ghoreisch befand und die Gruft, an der Mossajeb um Heilung und Hilfe flehen und Baba Sobhan seine Klagen, Wünsche und Gebete vortragen konnte.

Wenn ein Kameltreiber am Rande der Wüste geritten wäre, wäre er einer alten Frau begegnet, mit einem Bündel auf der Schulter, bis zu den Schenkeln im salzigen Sumpf versunken, den Rücken so sehr gekrümmt, dass ihre weißen Haare im Wasser lagen. Er hätte die Aasgeier gesehen, die Flügel schlagend um das Haupt der alten Frau kreisten. Er hätte auch Gholam sehen können, der mit eingefallenen Schultern neben der auf einen Stock gestützten Frau stand und weinte.

Als Gholam an jenem Abend seine Mutter auf dem Motorrad festgebunden und sie in die Wüste gebracht und dort allein gelassen hatte, war ihm nicht der Gedanke gekommen, dass dies die letzte Begegnung mit ihr sein könnte. Er hätte sich niemals gedacht, dass seine Mutter eines Tages so sterben könnte – im Schlamm erstarrt. Er stellte sich vor, wie die alte Frau in der Absicht, auf die andere Seite des Flusses zu gelangen, in das Sumpfgebiet geraten, im Sumpf stecken geblieben, dort verhungert und verdurstet und schließlich gestorben war.

Seitdem Gholam sich auf die Flucht begeben hatte, fühlte er sich wie ein umherirrender, streunender Wolf, einsam und verlassen. Mühsam war er durch die Wüste gewandert, und gerade jetzt, als er dabei gewesen war, den Fluss zu überqueren, um nach Sangerd zu gelangen, hatte er die Leiche seiner Mutter entdeckt.

Während dieser Tage der Flucht hatte Gholam unentwegt an Saleh und Baba Sobhan gedacht. Er konnte es sich nicht erklären, weshalb er zu Saleh dieselbe Zuneigung empfand wie zu einem Bruder. Trotzdem versuchte er Saleh und erst recht Mossajeb die Schuld an dem tragischen Vorfall in die Schuhe zu schieben. Zumindest war er der Meinung, dass beide mitschuldig waren. Saleh hätte ihn nicht provozieren dürfen, hätte nicht so hartnäckig auf seinem Recht beharren und sich auf einen Streit mit ihm einlassen sollen. Auch Mossajeb hätte nicht so stürmisch und bedrohlich auf ihn losrennen dürfen. Schließlich hätte er selbst flinker reagieren und sich aus Salehs Armen befreien müssen. Saleh hätte ihn nicht so umklammern dürfen, dass er, von panischer Angst ergriffen, alles unternehmen musste, um seine Haut zu retten. Weshalb er trotz allem sein Messer gezogen und Saleh erstochen hatte, blieb für ihn selbst ein Rätsel.

Seit drei Tagen und Nächten suchte Gholam verzweifelt nach einem Ausweg, um sich vor sich selbst zu retten. Er grübelte über seine Lage nach, dachte an seine Mutter, an deren Sein und Nichtsein. Wie hätte sein Leben ausgesehen, wenn er nicht gezwungen gewesen wäre, den Namen der Mutter vor dem seinen zu tragen, wenn sein Vater eine Frau namens Sedigheh niemals geheiratet oder wenn die Mutter sich selbst ruiniert hätte. Dadurch hätte sie ihm all die Erniedrigungen, die er ihretwegen erleiden musste, erspart. Da aber nun genau das Gegenteil von all dem eingetroffen war, litt er Qualen, die wie Flammen in ihm loderten.

Er krempelte seine Hosenbeine hoch, fasste der Mutter unter den Arm, zog sie aus dem Schlamm heraus, legte sie sich über die Schulter und trug sie zur Mitte des Flusses. Das Wasser reichte ihm bis zum Gürtel. Er schaute noch einmal seine Mutter an, betrachtete ihr erschöpftes Gesicht und ihre weißen Haare. Dann übergab er sie, wie einen Grashalm, dem Wasser. Das Wasser teilte sich, verschlang die alte Frau. Nichts war mehr zu sehen. Gholam war wieder allein.

Auf der anderen Seite des Sumpfgebiets, in einer Entfernung von etwa drei Kilometern, befand sich die Gendarmeriewache. Auf dem Dach des Gebäudes war die Fahne zu erkennen. Gholam überquerte den Fluss, krempelte seine Hosenbeine herunter, zog seine Schuhe an und machte sich auf den Weg.

Ein alter Feldwebel, der in der Gendarmeriewache am Schreibtisch saß, fragte: »Wie heißt du?«

»Gholam?«

»Nachname?«

»Fasanghari.«

»Beruf?«

»Ich hatte vor, in diesem Jahr mit Landarbeit zu beginnen.«

»Wo wohnst du?«

»Nirgends.«

»Was soll das heißen?«

»Ich habe keinen festen Wohnsitz.«

»Wo bist du geboren?«

»Auf dem Weg von Robat nach Saferani.«

»Woher stammt dein Vater?«

»Ich weiß es nicht. Man sagt, er sei Kaukasier gewesen.«

»Und deine Mutter?«

»Sie stammt aus dieser Gegend.«

»Aus welcher Stadt?«

»Aus Robat.«

»Wo wohnt sie jetzt?«

»Meine Mutter?«

»Ja.«

»Ich weiß es nicht. Sie ist fortgegangen, hat Robat verlassen. Sie ist im Alter geisteskrank geworden. Vielleicht ist sie bereits tot.«

»Sag endlich, in welchem verdammten Friedhof du wohnst.«

»Ich weiß es nicht. Wenn Sie wollen, können Sie

schreiben, in Robat. Wenn nicht, dann schreiben Sie, in der Stadt, in der Bettler-Karawanserei.«

»Gut, wohnhaft in Robat. Hast du Saleh, den Sohn Baba Sobhans, mit einem Taschenmesser erstochen?«

»Nein, mit einem richtigen Messer.«

»Gut, warum wolltest du ihn töten?«

»Ich hatte nicht die Absicht, ihn zu töten.«

»Warum ist er dann gestorben?«

»Ich weiß es nicht.«

»Aber du weißt doch, dass du ihn getötet hast.«

»Ja.«

»Und warum?«

»Hätte ich ihn nicht getötet, wäre ich selbst nicht lebend davongekommen.«

»Du gestehst jetzt, ihn getötet zu haben?«

»Deswegen bin ich doch hier.«

»Warum bist du hierher gekommen? Hattest du Gewissensbisse?«

»Ich weiß es nicht, ich bin einfach gekommen.«

»Hat dich jemand hier hineingehen sehen?«

»Nein, niemand.«

»Gut, dich hat also niemand gesehen? Hat Adeleh dich hierher geschickt?«

»Nein.«

»Hat sie dich nicht dazu ermuntert, dich bei uns zu melden?«

»Nein, ich habe sie doch gar nicht gesehen.«

»Das ist erstaunlich. Wurde nicht vereinbart, dass du aus dieser Gegend verschwindest?«

»Nein.«

»Willst du mich auch noch belügen? Warum bist du

nicht abgehauen? Wir haben angenommen, du seist bereits über alle Berge. Warum hast du dich nicht aus dem Staub gemacht?«

»Ich konnte nicht.«

»Soll ich, obwohl es schon so spät ist, Adeleh holen lassen, damit wir uns zu dritt überlegen, wie wir vorgehen sollen?«

»Nein, ich möchte nicht, dass sich irgendjemand in diese Angelegenheit einmischt.«

»Verstehe. Hast du dich in diesen Tagen gut vorbereitet?«

»Einigermaßen.«

»In Ordnung. Dann unterschreibe hier.«

»Ich kann nicht schreiben.«

»Dann mit einem Fingerabdruck.«

Gholam drückte seinen Finger auf ein Stempelkissen und dann auf das Blatt Papier, das ihm der Feldwebel vorlegte.

»Na schön. Dann wirst du morgen in der Früh von zwei Beamten in die Stadt gebracht.« Der Feldwebel rief einen Gendarmen.

Der Gendarm trat ein, schlug die Hacken zusammen: »Jawohl, Herr Feldwebel.«

»Leg ihm Handschellen an, bring ihn in den Keller, und sperr ihn dort ein.«

»Zu Befehl, mein Herr.«

»Morgen bringst du ihn noch vor Sonnenaufgang in die Stadt und übergibst ihn der Behörde.«

»Jawohl, Herr Feldwebel.«

Der Gendarm nahm ein Paar Handschellen vom Ring an seinem Gürtel, legte sie Gholam an und sagte: »Komm, vorwärts.«

Als sich die Tür hinter Gholam und dem Gendarmen schloss, biss sich der Feldwebel auf die Lippen, gähnte und lehnte sich in seinem Sessel zurück.

Muscheh blieb vor dem Haus stehen. Baba Sobhan half Mossajeb vom Esel herunter, dann gingen alle drei ins Haus. Schokats Mutter und Asgar Mad Jussef waren da. Schokats Mutter hatte zwei Zipfel ihres Schleiers im Nacken verknotet und war dabei, gemeinsam mit Asgar die Aussteuer ihrer Tochter zusammenzuräumen: eine Truhe, einen kleinen groben Wollteppich, einen in Messing eingerahmten Spiegel, Töpfe und Pfannen, einen Korsi, ein Kohlenbecken aus Eisen, eine kupferne Waschschüssel und eine Gießkanne, die noch unbenutzt geblieben war. Alle diese Gegenstände waren bereits in der Nähe des Hauseingangs aufgestapelt. Asgar sollte zwei Leute holen gehen, um die Sachen zu Schokats Mutter zu bringen.

Mit gesenktem Kopf ging Baba Sobhan an Schokats Mutter vorbei, bog um den Graben und führte Muscheh in den Stall. Dann brachte er Mossajeb ins Zimmer, schloss von innen die Tür ab und setzte sich Mossajeb gegenüber.

Mossajeb betrachtete mit leerem Blick die runzlige Stirn seines Vaters. Drei Tage und Nächte lang hatte er vor dem Grabmal gebrüllt, geflucht und mit dem Schädel gegen das Gitter geschlagen. Zweimal hatte er Baba Sobhans Schal mit den Zähnen zerrissen. Baba Sobhan musste ihn mit einer Kette an das Eisengitter festbinden. Doch das Klirren der Kette, vor allem wenn sie gegen die Holzwand schlug, und Mossajebs Schreie, die im hohen Gewölbe des Grabmals widerhallten, waren selbst auf kurze Zeit quälend und unerträglich. Umso schlimmer war es, dass diese Pein drei volle Tage und Nächte andauerte, insbesondere wenn der Schlaf Baba Sobhan wie ein Dieb überfiel. Er hatte während dieser Tage nicht einmal die Gelegenheit gefunden, wenigstens eine halbe Stunde lang in Ruhe zu schlafen. Jedes Mal, wenn ihm die Augen zufielen, wurde er erneut von Mossajebs Geheul aufgeschreckt. Er sprang auf und versuchte, Mossajeb zu beruhigen. Er hatte nicht nur einmal, sondern viermal den Prediger gebeten, um das Seelenheil seines Sohnes zu flehen, er hatte Bettlern Geld gespendet und Kerzen angezündet. Er hatte drei mal drei Kilo Datteln gekauft und sie unter den Pilgern verteilt. Keine Mühe hatte er gescheut, um Mossajeb zu besänftigen. Doch seine Anstrengungen glichen dem Versuch, eine Nadel in einen Stein stechen zu wollen. Mit trübem Herzen dachte Baba Sobhan daran, den Jungen nach Maschad zu bringen. Doch er befürchtete, man würde ihm Mossajeb wegnehmen, ihn zu den Geisteskranken stecken und damit seine Hoffnung auf die Genesung seines Sohnes für immer begraben. Das war für ihn so klar wie der helle Tag. Und er wollte, trotz allen Kummers, sich nicht von seinem Sohn trennen. Er hatte das Gefühl, dass Mossajeb ihm durch das Geschehene erst richtig ans Herz gewachsen war.

Es klopfte: »Was willst du noch?«

»Schokats Grundbrief. Er ist in der Truhe.«

Baba Sobhan öffnete die Tür.

»Du hast doch, ohne jemanden zu fragen, alles weggeräumt. Dann hättest du auch den Grundbrief nehmen können. Niemand hätte dich daran gehindert.«

Schokats Mutter senkte den Kopf.

»Ich wollte die Truhe von Salehs Mutter nicht anrühren.«

Ein leichtes Lächeln, wie giftiger Dampf, lag auf Baba Sobhans Lippen.

»Geh schon, hol dir den Brief. Zur Hölle mit der Mitgift, wenn das Kamel nicht mehr lebt.«

Verschüchtert betrat Schokats Mutter das Zimmer. Sie fürchtete sich, Mossajeb, der in einer Ecke kauerte, anzuschauen. Auch Mossajeb gönnte ihr keinen Blick. Schokats Mutter ging zur Truhe, nahm ein gebündeltes Tuch heraus und knotete es auf. Zwei Grundbriefe lagen darin, einer der Briefe war auf den Namen Schokats und der andere auf den Khadidjehs, der Mutter Mossajebs, ausgestellt.

Schokats Mutter nahm das sorgfältig gefaltete Blatt Papier, steckte es in die Jackentasche und ging zur Tür.

»Willst du sie so schnell wieder zur Braut machen?«, sagte Baba Sobhan. »Du hättest wenigstens warten können, bis die Erde auf dem Grab ihres Mannes trocken ist.«

Schokats Mutter blickte Baba Sobhan vorwurfsvoll an. »Ihr reicht es. Schon das eine Mal, dass ich sie zur Braut machte, war mehr als genug; nicht nur für sie, sondern für sieben nachkommende Generationen.«

Baba Sobhan schwieg.

Schokats Mutter fuhr fort: »Wir wollen dieses Grundstück, das so klein ist wie eine Handfläche, diesen Unheil spendenden Boden, verkaufen und danach diese verdammte Festung für immer verlassen. Den Erlös werde ich zur Heilung meiner unglückseligen Tochter verwenden. Vielleicht wird es mir gelingen, sie nach Maschad zu bringen, wo sie beim Heiligen Imam um ihre Genesung flehen könnte. Zur Hölle mit diesem Grundstück. Meine Tochter ist nur noch ein Grashalm.«

Der Kummer blieb ihr wie ein Kloß im Hals stecken. Sie schwieg.

Baba Sobhan hob den Kopf, schaute Beigom an und sagte: »Wer wäre noch bereit, dieses Grundstück zu kaufen?«

»Adeleh. Sie selbst hat es mir gesagt. Auch später ließ sie mir durch einen Boten mitteilen, dass sie es kaufen würde.«

Baba Sobhan blieb stumm.

In Robat herrschte Stille. Man hörte keinen Ton, als gäbe es dort kein einziges Lebewesen. Alle Bewohner lagen im Schlaf. Auch Baba Sobhan hatte die lang ersehnte Ruhe gefunden. Er schlief ganz tief. Hätte ihn keiner gerüttelt, er hätte sich bis zum nächsten Abend nicht einmal von einer Seite auf die andere gedreht. Laut schnarchend und eingewickelt in seinen Mantel, lag er auf einer kleinen Matratze.

Plötzlich wachte Mossajeb auf, sprang hoch, blieb wie festgenagelt stehen und begann zu brüllen. Ein Beben ging durch Baba Sobhans Körper, er richtete sich verwirrt auf, legte seinen Mantel zur Seite und versuchte in der Dunkelheit, einen Blick auf Mossajeb zu werfen. Mossajeb schrie unentwegt: »Der Drache … Der Drache hatte meinen Hals umringt, er wollte mich erwürgen.«

Ratlos und mit schmerzenden Knochen sagte Baba Sobhan: »Großer Gott, hab Dank. Ich kann nicht mehr, bin ausgebrannt, bin nur noch ein Haufen Asche.«

Seine schwarzen, dürren Hände krabbelten auf dem Fußboden und suchten nach einer Streichholzschachtel. Er zündete die Lampe an und sah Mossajeb, der sich in eine Ecke verkrochen hatte. Er hatte die Arme wie zwei Spieße ausgestreckt und die Finger so gespreizt, als würden sie jeden Augenblick auseinandergerissen werden. Seine Fußgelenke zitterten, die Augen quollen beinahe aus den Höhlen heraus, die Lippen bebten.

»Drache, Drache«, brüllte er immer wieder, als säße ihm tatsächlich ein Drache im Nacken.

Wie zu sich selbst sagte Baba Sobhan: »Hier gibt es doch keinen Drachen, mein lieber Sohn.«

Er ging auf Mossajeb zu, um ihn zu beruhigen und zum Schlafen zu bewegen, doch Mossajeb starrte ihn bedrohlich an. Plötzlich fiel Baba Sobhan alles wieder ein, was er bisher über Geisteskranke gehört hatte. Einen Moment lang wähnte er sich in einem Käfig, eingesperrt mit einem Wolf.

»Der Drache, der Drache«, schrie Mossajeb wieder.

»Hier gibt es doch keinen Drachen. Du hast geträumt. Komm, leg dich zu mir ins Bett, komm, mein Lieber.«

»Er ist durch die Tür hereingekommen«, sagte Mossajeb. »Zwei Schwänze hatte er. Ich habe ihn mit meinen eigenen Augen gesehen. Er wollte mich erwürgen. Ich verschwinde, ich verschwinde sofort.«

Er sprang zur Tür. Baba Sobhan versperrte ihm den Weg, schloss ihn in die Arme und begann unwillkürlich, ihn zu küssen. Mossajeb leistete keinen Widerstand. Baba Sobhan setzte ihn an die Wand, kniete vor ihn hin, legte Mossajebs Kopf in seinen Schoß und flüsterte: »Oh Gott, was habe ich verbrochen, dass ich dafür so büßen muss?«

Mossajeb hob den Kopf und fragte: »Wo ist Saleh?«

»Leg dich wieder hin, mein Sohn, es ist mitten in der Nacht.«

Mossajeb packte Baba Sobhan am Kragen: »Wo ist mein Bruder Saleh, wo ist er?«

Baba Sobhan griff Mossajebs Handgelenk, schluckte seinen Kummer herunter und sagte: »Er wird bald kommen.«

Mossajeb richtete sich auf und schrie: »Der Drache kommt, ich gehe zu Saleh.«

Er brach in Tränen aus, seine Schultern schüttelten sich, sein Kopf sank auf Baba Sobhans Brust. Baba Sobhan verlor die Beherrschung. Der Kloß, der ihm im Hals steckte, löste sich jäh, er umarmte Mossajeb und begann ebenfalls zu weinen und zu schluchzen. Er redete wie wirr, während Mossajeb wie ein Lamm brüllte. Doch niemand hörte sie. Es war mitten in der Stille der Nacht. Alle Dorfbewohner lagen im tiefen Schlaf.

Auf einmal sprang Mossajeb auf und begann wie jemand, der in Eile etwas sucht, im Zimmer auf und ab zu gehen. Er ging in die Kammer, kam wieder ins Zimmer zurück. Baba Sobhan stellte sich ihm in den Weg. Doch dieses Mal schien Mossajeb entschlossener als zuvor. Er stieß seinen Vater, der ihn mit den Armen umklammerte, zur Seite. Aber der alte Mann gab nicht nach. Es war erstaunlich, welche Kräfte er noch aufbringen konnte. Mossajeb packte die dürren Hände seines Vaters, riss sich los, drückte ihm den Hals zu und warf ihn zu Boden. Baba Sobhan richtete sich halb auf und hielt Mossajebs Hosenbein fest. Mossajeb trat seinem Vater so heftig ins Gesicht, dass der alte Mann mit dem Rücken auf das Bett fiel. Er verhüllte mit dem Mantel sein Gesicht. Mossajeb hantierte am Türschloss, es gelang ihm aber nicht, die Tür zu öffnen. Er nahm Abstand, stieß ein paar Mal gegen die Tür. Der Türrahmen krachte schließlich zusammen, und Mossajeb sprang hinaus. Baba Sobhan kroch mühsam bis zur Tür und beobachtete mit blutendem Gesicht seinen Sohn, der im Vorhof hin und her rannte.

Mossajeb fand einen Spaten und stürzte zur Haustür. Sie war abgeschlossen. Er kehrte zurück, sprang auf die Mauer neben der Backgrube. Die Mauer war ziemlich schmal. Mossajeb rutschte aus und fiel in die Backgrube, die voller Asche war. Er sprang wieder hoch, kletterte auf das Dach und begann aus Leibeskräften zu brüllen: »Der Drache, rettet euch, der Drache …« Während er schrie, schwang er unaufhörlich den Spaten um seinen Kopf.

Die Bewohner von Robat rannten aufgeschreckt aus ihren Häusern und eilten zu Baba Sobhans Haus, zunächst die Nachbarn und nach und nach auch die, die weiter entfernt wohnten. Als sich eine ganze Menschentraube vor dem Haus versammelt hatte, wurde die Tür aus den Angeln gehoben, und die Leute stürmten in den Vorhof. Muscheh begann zu brüllen, die Hühner gackerten.

Baba Sobhan stand an der Türschwelle und flehte die

Leute an: »Habt Erbarmen mit mir, fangt ihn, helft mir, er wird hinunterstürzen.«

Mossajeb stand am Dachrand und streute mit seinem Spaten Erde auf die im Vorhof versammelten Leute. Er hörte plötzlich ein Rascheln hinter seinem Rücken, blickte zurück und merkte, wie jemand versuchte, über die Mauer des Nachbarhauses auf das Dach zu gelangen. Es war Asgar Mad Jussef. Während Asgar mit den Händen den Dachrand umklammerte und sich hochzuziehen versuchte, traf ihn Mossajebs Fußtritt wie ein Bleihammer am Schädel, sodass er in den Vorhof des Nachbarhauses stürzte. Mossajeb selbst sprang von der andern Seite des Daches herab auf die Gasse und rannte davon. Mossajeb rannte und rannte, und ihm hinterher eine Schar von Verfolgern. Er rannte durch alle Gassen und Ruinen und bog schließlich in den Weg, der zu den Gärten führte. Er umkreiste sie ein paar Mal, sprang hoch auf eine Mauer und dann in Ataollahs Garten. Die Leute folgten ihm dicht auf den Fersen, doch Mossajeb kroch durch eine Wasserrinne und verschwand in der Finsternis der Nacht.

Niemand im Dorf konnte bis zum nächsten Morgen Ruhe finden. Die Furcht vor Mossajeb mit dem Spaten in der Hand raubte den Bewohnern den Schlaf. Jeder fühlte das Nahen eines Unheils. Sie hatten sich in ihren Häusern eingeschlossen, die Kinder dicht neben sich schlafen gelegt und hielten selber die Augen offen. Der Einzige, der bis zum Morgengrauen durch die Gassen und Ruinen irrte, Selbstgespräche führte, auf jeden Schatten zurannte, im Glauben, es sei Mossajeb, war Baba Sobhan.

Noch hatten sich die Sonnenstrahlen nicht auf der Erde ausgebreitet, da begab sich Asgar Mad Jussef schon zu Baba Sobhans Haus. Er holte Muscheh aus dem Stall, legte ihm Sattel und Tragesack auf den Rücken und führte ihn zu Beigom.

Er packte Schokat mitsamt ihrer Aussteuer auf den Esel, brachte sie zur Landstraße, die nach Maschad führte, und hielt vor Mad Baghers Teehaus an. Nachdem er das Gepäck abgeladen und Schokat mit Beigoms Hilfe auf ein Bett gelegt hatte, brachte er den Esel in den Stall zurück.

Baba Sobhan lag am Weiher unter der Platane und schlief. Asgar rüttelte ihn an der Schulter. Baba Sobhan öffnete die Augen: »Was ist los, Bruder?«

»Steh auf, Baba Sobhan! Mossajeb wurde vor Sonnenaufgang beim Stadtbad gesehen.«

Baba Sobhan stand auf, rieb sich die Augen und folgte Asgar zum Stadtbad. Sie begegneten niemandem, der Mossajeb dort gesehen hatte. Die Tür zum Stadtbad stand offen. Baba Sobhan ging durch den Flur zum Umkleideraum. Dort waren einige Dorfbewohner, die gerade aus dem Bad gekommen waren und sich anziehen wollten. Der Bademeister war dabei, die gewaschenen Leibbinden zum Trocknen unter dem Dach auszulegen. Er sagte: »Baba Sobhan, das Bad wird jetzt geschlossen. Die paar Leute, die du hier siehst, werden gleich das Bad verlassen. Das Wasser im Becken ist ohnehin schon kalt. Du würdest dich erkälten.«

»Ich habe mit dem Wasser nichts zu schaffen. Ich suche Mossajeb. Habt ihr ihn nicht gesehen?«

»Nein, hier war er nicht.«

Baba Sobhan ging hinaus.

»Vielleicht hat er sich hier irgendwo versteckt«, sagte Asgar.

»Vielleicht«, erwiderte Baba Sobhan.

Asgar stieg auf das Dach und rief: »Nein, hier ist er nicht.«

Er hielt sich am Dachrand fest, baumelte mit den Beinen in der Luft und ließ sich herunterfallen. Baba Sobhan ging einmal um das Bad herum, dann zum Graben, wo sich der Heizraum befand, löste die Verschlusskette und trat ein. Es war so dunkel wie in einem Grab. Auf der einen Seite stand der Ofen, auf der anderen waren Distelbüsche aufgestapelt. Baba Sobhan ging zum Ofen, steckte seinen Kopf hinein. Die Wärme der Asche prickelte in seinem Gesicht. Von Mossajeb war keine Spur zu sehen. Dann ging er zu den Disteln, wühlte darin und rief: »Mossajeb, mein lieber Mossajeb!« Aber auch hier konnte er Mossajeb nicht finden. Als Baba Sobhan den Raum verlassen wollte, erblickte er Asgar, der vor dem Heizraum stand und mit seiner Rute spielte.

»Du Sohn des Jussef«, sagte er enttäuscht. »Hier ist er auch nicht.«

Asgar senkte verlegen den Kopf, bohrte mit der Rute ein Loch in die Erde und sagte: »Beim Allmächtigen, ich habe ihn mit eigenen Augen hier gesehen.«

»Jetzt ist er jedenfalls nicht hier. War er denn verletzt?«

»Das konnte ich nicht genau feststellen. Ich habe ihn von hinten gesehen. Ich hatte die Ochsen zum Weiher gebracht. Verzeih die Unhöflichkeit, er stand an der

Mauer des Stadtbads und pisste. Komm, ich werde dir die Spur zeigen.«

Baba Sobhan schwieg, setzte sich neben der Tür auf einen halb verkohlten Baumstrunk. Asgar blieb stehen und stocherte mit seiner Rute in einem Loch in der Wand. Es tat ihm Leid, dass er Baba Sobhan nicht hatte helfen können. Baba Sobhan war verzweifelt. So wie er dasaß, glich er einem Teigklumpen, der in den Backofen gefallen und verbrannt war. Er überlegte, wenn er Mossajeb finden würde, würde er diesmal versuchen, ihn in die Stadt zu bringen und in irgendeine Anstalt zur Pflege zu geben. Er selbst fühlte sich außerstande, weiterhin für Mossajeb zu sorgen. Nicht dass er kein Mitleid mehr mit ihm hatte. Im Gegenteil. Er war einfach am Ende seiner Kräfte. Er wusste nicht einmal, ob er noch so viel Kraft aufbringen konnte, um sich von diesem Baumstrunk zu erheben. Wo sollte er nach Mossajeb Ausschau halten? Mossajeb glich jetzt einem Schmetterling, den man mit jedem Blinzeln aus den Augen verlieren konnte. Wo mag er in diesem Augenblick sein?

Er erhob sich langsam und machte sich auf den Weg. Asgar folgte ihm, ohne ein Wort zu sagen. Sie gingen zunächst zur Festung und anschließend zur Hütte von Gholams Mutter. Das Dach der Hütte war eingestürzt, Ziegelsteine türmten sich mitten im Raum. Darauf lag Mossajebs Spaten wie ein Stück ausgeblichenes Kamelgerippe. Baba Sobhan dankte Gott, dass Gholams Mutter nicht mehr unter diesem Dach hauste. Wie kam es eigentlich, dass sie plötzlich verschwunden war, dachte er. Er nahm den Spaten, verließ die Ruine und bog in die Gasse, die aus dem Dorf führte. Dort befand sich der große Wasserspeicher. Unterwegs traf er Gholis

Frau, die die Zipfel ihres Schleiers um den Hals geknotet hatte und einen Krug auf der Schulter trug. Sie wandte ihr Gesicht Baba Sobhan zu und sagte: »Baba Sobhan, Mossajeb war beim Speicher.«

»Wann, Schwester?«

»Gerade vorhin.«

Baba Sobhan beschleunigte seine Schritte, der Sohn von Mad Jussef folgte ihm. Am Speicher wimmelte es von Frauen und Kindern. Baba Sobhan streckte seinen Kopf unter das Dach des Speichers und rief laut: »War Mossajeb hier?«

Eine Frau drehte den Wasserhahn zu. Es wurde ganz still. Sie sagte: »Was hast du gesagt?«

»Mossajeb, war Mossajeb hier?«

»Nein, Baba Sobhan, wir haben ihn nicht gesehen.«

»Gholis Frau sagte, er sei gerade hier gewesen.«

»Dann ist er draußen gewesen.«

Baba Sobhan nahm den Weg, der über das Dach des Beckens führte, und begegnete dabei Karbalai Rahman, der ihm mit zwei Plastikbecken in der Hand entgegenkam.

»Mossajeb hat da unten eine Trauerfeier veranstaltet und sich dabei unentwegt auf die Brust geschlagen«, sagte Karbalai Rahman.

»Wo denn?«

»Dort, auf dem Weg zum Friedhof.«

Baba Sobhan eilte zum Friedhof, Asgar Mad Jussef hinter ihm her.

Auf dem Friedhof war es still. Die Grabsteine glänzten unter der prallen Mittagssonne. Das Gras zwischen den Grabsteinen war nach dem Regen der Vortage ein wenig vergilbt. Die Gebüsche bewegten sich leicht in der sanften Brise, die von der Ebene her wehte. Zwei Vögel mit einem Kamm auf dem Kopf paarten sich auf der Mauer. Kein Mensch war da, zumindest konnten Baba Sobhans Augen niemanden sehen.

Asgar stand neben Baba Sobhan und ließ seinen Blick über die Hügel des Friedhofs schweifen. Auf einmal rief er: »Mossajeb!« und zeigte mit seiner Rute in Richtung eines der Gräber. Baba Sobhan blickte hin, konnte aber niemanden erkennen. Er ging auf das Grab zu, hielt die Hand wie eine Sonnenblende über der Stirn, kniff die Augen zusammen und schaute genau hin. Tatsächlich – Mossajeb lag bäuchlings auf einem Grab. Er hatte den Grabstein umarmt und sein Kinn auf die Steinspitze gestützt. Von der Ferne glänzte das silbrige Weiß seiner Augen. Seine Hände, Beine, sein Rumpf und Kopf lagen wie der Schatten eines Geiers auf dem Grab.

Verunsichert näherten sich Baba Sobhan und Asgar dem Grab. Als sie nur noch vier Schritte entfernt waren, schrak Mossajeb auf und sprang auf den Grabstein. Baba Sobhan wagte es nicht, näher zu treten. Er blieb stehen, streckte wie ein Bettler Mossajeb die Hände entgegen. Mossajeb starrte seinen Vater an.

»Komm, wir gehen in die Stadt und kaufen dir ein Paar Schuhe«, sagte Baba Sobhan.

Er blickte auf Mossajebs Füße, die wie zwei Krebse an Salehs Grabstein klebten.

»Komm herunter, mein Junge«, flehte Baba Sobhan.

Mossajeb blieb stumm stehen.

Baba Sobhan ging einen Schritt weiter auf ihn zu.

»Komm, mein Junge, komm.«

Mossajeb wich einen Schritt zurück.

Mad Jussefs Sohn mischte sich ein: »Mossajeb, mein

lieber Freund, hast du vergessen, dass wir auf unseren Feldern Nachbarn waren? Wie wir gemeinsam Zuckermelonen aßen? Erinnerst du dich daran? Wir sind doch gute Freunde. Komm, lass uns von hier fortgehen, sonst steigen die Toten aus ihren Gräbern.«

Mossajebs Augen füllten sich mit Tränen.

Asgar ging einen Schritt auf ihn zu.

»Kommst du mit zur Mühle, dorthin, wo wir uns in den Sommermonaten herumgetrieben und mit Steinschleudern die Lerchen gejagt haben, während unsere Herde sich am Wasser ausruhte …? Komm, gehen wir zur Mühle, komm, lieber Bruder.«

»Nimm seine Hand«, sagte Baba Sobhan.

Asgar nahm Mossajebs Hand, half ihm vom Grabstein herunter und führte ihn sachte auf den Weg. Baba Sobhan schritt hinter ihnen her. Asgar fand immer wieder Worte, um Mossajeb aufzumuntern. Er war glücklich, Baba Sobhan einen guten Dienst erwiesen zu haben. Und Mossajeb verhielt sich sanft wie ein Lamm. Mit gesenktem Kopf ließ er sich widerstandslos von Asgar führen. Unterwegs fasste auch Baba Sobhan Mossajebs Arm. Es war ein gerader, von hohen Weinpappeln gesäumter Weg. Nach etwa sechshundert Schritten mündete der Weg in die Landstraße nach Maschad. An der Kreuzung befand sich Mad Baghers Teestube.

Bei Mad Baghers Teestube waren weit mehr Menschen als sonst üblich versammelt. Vor der Teestube stand ein Reisebus, darunter lag ein Mann, der mit einem Schraubenschlüssel hantierte. Wenige Schritte von dem Bus entfernt saßen die Passagiere im Schatten der Bäume und tranken Tee. Am Straßenrand, der Teestube gegenüber, stand das Motorrad von Saferanis

Bürgermeister. Das Motorrad brüllte wie ein Löwe. Offensichtlich wollte sich der Bürgermeister auf eine Reise begeben. Er war in die Teestube gegangen, um seinen Durst zu stillen. Beigom hatte das Gepäck schon auf den Bus geladen und saß nun neben Schokat und wischte ihr mit dem Zipfel ihres Schleiers den Schweiß von der Stirn. Schokat sah aus wie ein vom Mond beschienener Holzpfahl – dünn und blass. Nur mit Mühe öffnete sie die Augen und verlangte Wasser.

Mad Bagher stand vor seiner Teestube und sagte: »Schon wieder dieser verrückte Junge.«

Die Leute wurden auf die Ankömmlinge aufmerksam.

Mossajeb hatte sich von Baba Sobhan und Asgar losgerissen. Er rannte auf die Leute zu, fuchtelte mit den Armen und bewegte seinen Körper so, dass man unwillkürlich an ein auf eine Eisfläche geratenes Kamel dachte. Ein wenig weiter von ihm entfernt sah man Baba Sobhan, der sich mit größter Anstrengung vorwärts schleppte, fast kriechend, wie ein Blutegel, und zwischen den beiden lief keuchend Mad Jussef.

Als Mossajeb sich der Kreuzung näherte, konnten die Reisenden erkennen, in welchem Zustand er sich befand. Aus seinen Mundwinkeln trat Schaum, Haare und Gesicht waren mit Asche besudelt, die Augen blutunterlaufen. Zwischen den schmierig schwarzen Fingern klebte getrockneter Schlamm. Eines seiner Hosenbeine war zerrissen, auf seinem Knie hatten sich, wie bei Kamelen, Schwielen gebildet. Sein nackter Brustkorb, um den noch Fetzen seines Trauerhemdes hingen, war stark errötet, die ständigen Schläge auf die Brust hatten deutliche Spuren hinterlassen. Trotzdem erhob er immer wieder seine fleischigen Hände und schlug sie inbrünstig und mit voller Kraft auf die Brust.

Die Menschen vor der Teestube sprangen von ihren Plätzen auf und strömten auf Mossajeb zu. Mad Bagher verschwand in die Teestube. Ein Kind, das in einem Bach spielte, rannte zu den Schaulustigen, versteckte sich zwischen ihnen und rief: »Mossajeb!«

Als Mossajeb die Teestube erreicht hatte, stellte er sich breitbeinig vor das Publikum und begann mit einer Stimme, die so heiser klang, als habe er Keuchhusten, das Klagelied des Heiligen Ghassem zu singen. Während er sang, schlug er sich mit den Fäusten auf die Brust, sein Mund schäumte. Der Schweiß, der von seiner Stirn tropfte, bildete kleine Rinnsale auf Wangen und Hals. Das Weiß seiner Augen schien in Schalen voller Blut getaucht. Endlich hatte auch Baba Sobhan die Teestube erreicht. Er warf seinen Spaten an die Mauer und ging auf Mossajeb zu, um ihn festzuhalten. Aber es gelang ihm nicht. Die Erschöpfung raubte ihm den Atem. Heftige Schweißausbrüche und beißender Staub hatten ihn völlig ausgelaugt. Sein Rücken war noch buckliger geworden als zuvor, und sein Gesicht sah aus wie ein brachliegendes Feld, das seit Menschengedenken nicht mehr bewässert worden war. Das ganze Leben war über dem Haupt dieses Mannes zusammengestürzt.

Mossajeb jagte hin und her, und Baba Sobhan versuchte verzweifelt, ihn zu fangen. Wenn er zu nah an ihn herankam, sprang Mossajeb zur Seite und ließ den Vater ins Leere laufen. Baba Sobhan stürzte zu Boden, Mossajeb drehte sich um und schaute ihn herausfordernd an. Beschämt erhob sich Baba Sobhan, lief wieder hinter Mossajeb her und stürzte wieder zu

Boden. Es war, als wollte Mossajeb seinen Vater absichtlich quälen. Jedes Mal, wenn Baba Sobhan hinfiel, tänzelte Mossajeb um ihn herum und lachte schallend. Und sobald der alte Mann sich wieder aufrichtete, rannte Mossajeb davon. Wie wenn er – lohende Glut – die Seele seines Vaters verbrennen wollte. Aber Baba Sobhan war trotz aller Anstrengung nicht fähig, sich von dieser Glut zu befreien. Als wäre die Glut eins mit seinem Herzen.

Mossajeb ging zum Bach. Er war nach wie vor aufgewühlt. Immer noch schäumte er aus dem Mund, lachte und starrte mit seinen wilden Augen auf die versammelte Menschenmenge. Er hatte aufgehört, sich auf die Brust zu schlagen. Er breitete seine Arme aus und rannte um den Maulbeerbaum herum. Es war ein Spiel, das ihm anscheinend aus der Zeit seiner Kindheit in Erinnerung geblieben war. Ihm wurde schwindelig. Fast wäre er hingefallen, doch Baba Sobhan fasste ihn am Ärmel, der Ärmel riss ab, und Baba Sobhan fiel mit dem Gesicht voran in den Bach. Mossajeb drehte sich ein paar Mal im Kreis, schnippte mit den Fingern und begann die Leute zu reizen. Er machte Anstalten, sich selbst zu erwürgen.

Unterdessen kroch Baba Sobhan aus dem Wasser, krabbelte wie ein Fisch, der nach Luft schnappte, zum Maulbeerbaum und blieb dort liegen. Nach einigen Augenblicken richtete er sich auf, lehnte sich an den Stamm und rief mit einer Stimme, die klang, als käme sie aus der Tiefe der Erde: »Leute, nehmt ihn fest.«

Aber die Leute rührten sich nicht, schauten neugierig dem Geschehen zu. Niemand wagte sich an Mossajeb heran. Ein Reisender wollte es versuchen, doch Mad

Bagher hielt ihn zurück. »Bleib ruhig, Bruder, misch dich da nicht ein.«

Der Reisende riss sich los und rannte auf Mossajeb zu. Mossajeb flitzte zum Motorrad des Bürgermeisters, hüpfte wie ein Spatz darauf. Der Reisende sprang über den Bach, aber es war zu spät – schon zischte das Motorrad davon. Der Reisende traute seinen Augen nicht. Schwere Schweißtropfen rollten über seinen Nacken. Der Bürgermeister rannte auf die Landstraße, blieb dort verdutzt neben dem Reisenden stehen und nahm seine Sonnenbrille ab. Mossajeb drehte wie verrückt am Gasgriff, der Motor heulte auf. Die Menschen rannten wild durcheinander. Mossajeb lachte wiehernd, lenkte das Motorrad knapp am Direktor und dem Reisenden vorbei, schoss im Nu durch die Landstraße und verlor sich in stiebenden Staubwolken.

Doch bald, kaum einen Hilferuf später, geriet die Maschine außer Kontrolle, das Motorrad machte einen Bogen, sprang aus der Bahn und prallte auf eine Platane, groß wie ein Riese. Beide, Mossajeb und das Motorrad, wurden weit in die Luft geschleudert. Der Sturz brach den Zuschauern, die vor der Teestube standen, das Herz.

Der Bürgermeister rannte zur Platane. Der Reisende stahl sich davon, setzte sich auf einen Stein und vergrub die Stirn in den Händen. Der Geländewagen der Gendarmerie parkte vor der Teestube. Gholam schaute verwundert aus dem verstaubten Wagenfenster. Ein Gendarm betrat die Teestube und verlangte Wasser. Asgar Mad Jussef verlor die Beherrschung, er brach in Tränen aus und ging zu Baba Sobhan.

Baba Sobhan fragte: »Was ist geschehen?«